STAR WARS™

SCHATTEN DES IMPERIUMS

EVOLUTION

STAR WARS
SCHATTEN DES IMPERIUMS
EVOLUTION

AUTOR:
STEVE PERRY

ZEICHNER:
RON RANDALL

TUSCHER:
TOM SIMMONS & RON RANDALL

FARBEN:
DAVE NESTELLE

COVER:
CHRISTOPHER MOELLER

US-REDAKTEURE:
BOB COOPER & PEET JANES & CHRIS WARNER

REDAKTEURE:
JO LÖFFLER & MATHIAS ULINSKI

CHEFREDAKTEURIN:
ANNE BERLING

ÜBERSETZER:
MICHAEL NAGULA

GRAFIK & LETTERING:
AMIGO GRAFIK

Impressum: Die deutsche Ausgabe von *STAR WARS* **Sonderband #7: Star Wars: Schatten des Imperiums: Evolution** wird von der Dino entertainment AG herausgegeben, Rotebühlstr. 87, 70178 Stuttgart. Verlagsleiter: Max Müller, Chefredakteurin: Anne Berling, Redakteure: Jo Löffler & Mathias Ulinski, Übersetzer: Michael Nagula, Mitarbeiter und Autoren: Jens Altmann, Marketing: Holger Wiest, Produktion: Sylvia Türk, Lettering & Grafik: Amigo Grafik, Asperg, PR/Presse: Steffen Volkmer, Anzeigenleitung: Petra Sonnenfroh-Kost, Fax: 0711/94768-834, Druck: Druckerei Weinmann, Filderstadt, Vertriebsservice Grosso: MZV Moderner Zeitschriften Vertrieb, Breslauer Str. 5, 85386 Eching, Auslieferung Buchhandel: LIBRI Distributions-GmbH, August-Schanz-Straße 33, 60437 Frankfurt, ISBN: 3-89748-418-8; Auslieferung Comic-Fachhandel: Modern Graphics, Lochfeldstr. 30, 76437 Rastatt, **Nachbestell-Service:** Postfach 294, 77649 Offenburg, **Fax.: 0781/639-6191** (Bestellungen bitte nur schriftlich). Reprints: *US-Star Wars „Shadows of the Empire: Evolution 1-5" 1998* .

www.dinocomics.de

Düstere Schatten über der Galaxie!

Doch das gilt keinesfalls für euch, denn wenn es einen Star Wars Sonderband gibt, der immer wieder sehnsüchtig gefordert wurde, dann „Schatten des Imperiums: Evolution", den wir euch hiermit endlich präsentieren!

Obwohl die Allianz gesiegt hat, trüben die dunklen Schatten des Imperiums den hellen Lichtschimmer am Horizont.
Der dunkle Prinz Xizor ist vernichtet. Nicht aber das wertvollste Produkt seines geheimnisvollen Droiden-Labors: die ebenso attraktive wie tödliche Guri. Nach der Zerschlagung der berüchtigten Verbrecherorganisation „Schwarze Sonne", macht sich die einst gefürchtete Leibwächterin Xizors auf die Suche nach ihrer menschlichen Seite. Wie sich sehr schnell herausstellt kein einfaches und schon gar kein ungefährliches Unterfangen.

Wir wünschen euch spannungsgeladene Unterhaltung mit der direkten Fortsetzung des außergewöhnlichen Romanerfolgs von Star-Autor Steve Perry „Schatten des Imperiums"!

DIE REBELLION IST VORBEI, DIE ALLIANZ HAT GESIEGT. DIE IMPERIALE FLOTTE HAT SICH GRÖSSTENTEILS ERGEBEN...

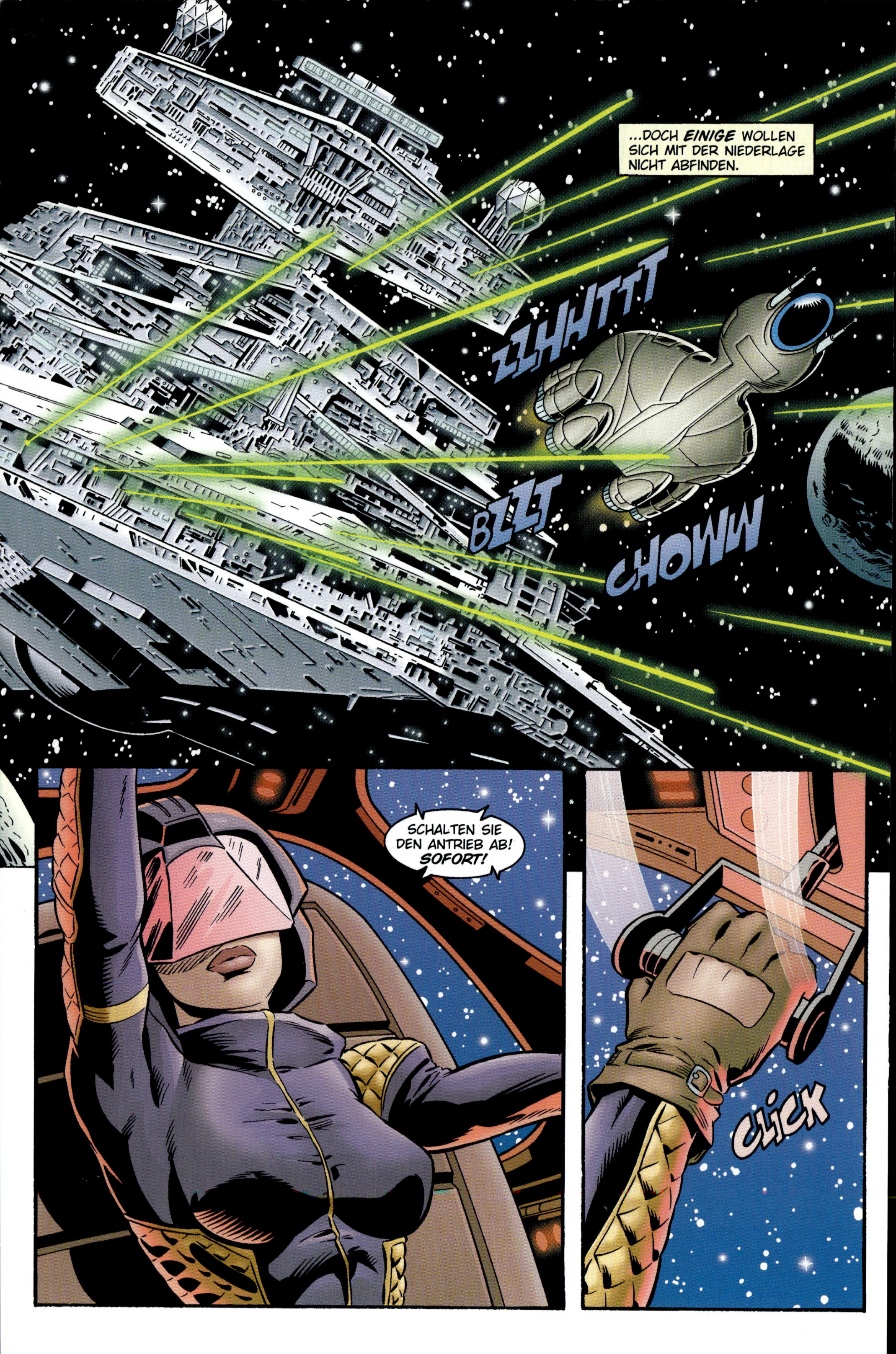
...DOCH EINIGE WOLLEN SICH MIT DER NIEDERLAGE NICHT ABFINDEN.
ZZHHTTT
BZZT
CHOWW
SCHALTEN SIE DEN ANTRIEB AB! SOFORT!
CLICK

WAS GEHT DA VOR?
KEINE AHNUNG, SIR.
SIR, UNSERE INSTRUMENTE ZEIGEN AN, DASS DER PILOT DES SCHIFFS EINE SALVE PROTONENTORPEDOS ABGEFEUERT HAT!
VON EINEM ZIVILSCHIFF? UNMÖGLICH!
AUSWEICHMANÖVER! SOFORT!

KA-BLAMM!

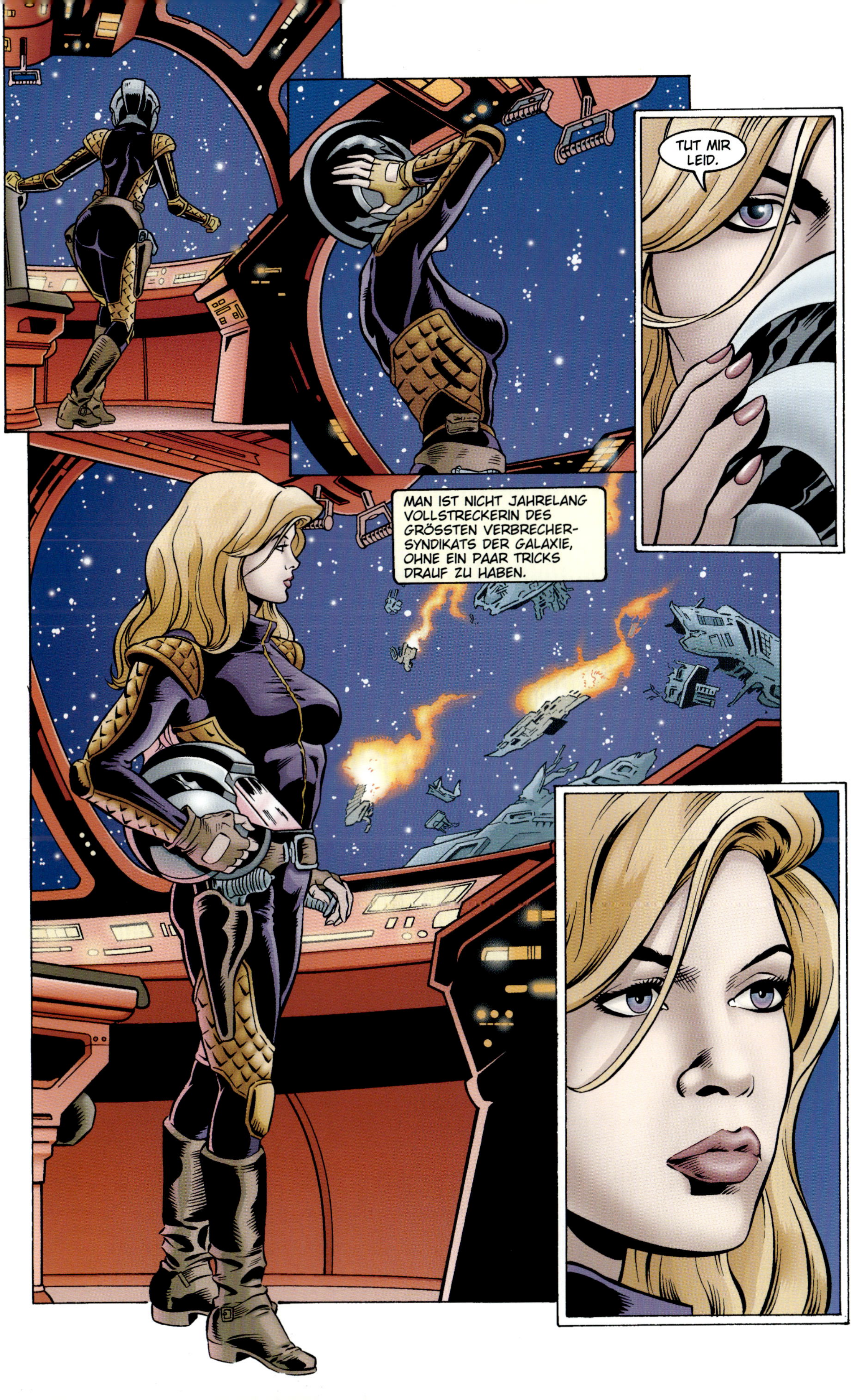
TUT MIR LEID.
MAN IST NICHT JAHRELANG VOLLSTRECKERIN DES GRÖSSTEN VERBRECHER-SYNDIKATS DER GALAXIE, OHNE EIN PAAR TRICKS DRAUF ZU HABEN.

CORUSCANT...
...DER SÜDLICHE UNTERGRUND...
...AZOOLS ANTIQUITÄTENLADEN...
CHING
JA? KANN ICH IHNEN HELFEN?
VIELLEICHT KANN *ICH IHNEN* HELFEN.
ICH HABE GEHÖRT, SIE INTERESSIEREN SICH FÜR GEWISSE... *INFORMATIONEN*.

SIND SIE DER FALLEENIANSCHE ANTIQUITÄTENHÄNDLER NAMENS AZOOL?
JA. DANN SIND SIE SICHER DER HIITIANISCHE KOPFGELDJÄGER, DEN MAN KAR YANG NENNT?
WIE KÖNNEN SIE SICH DA SO SICHER SEIN?
ICH HAB'S DREIMAL ÜBERPRÜFEN LASSEN.
SCHAFFEN SIE ES?
WENN SIE NOCH AM LEBEN IST, FINDE ICH SIE.

NICHT GEBOREN...
ERSCHAFFEN.
NICHT AUSGEBILDET.
PROGRAMMIERT.
BMMM
GEFORMT...
...TRAINIERT...
BZZZT
ZZZZT
...TRAINIERT...
...TRAINIERT...

...UND VERKAUFT WIE EIN STÜCK FLEISCH --
-- ABER SEHR TEURES FLEISCH.
EINGESETZT ALS RECHTE HAND DES OBERHAUPTS EINES VERBRECHER-SYNDIKATS...
...ALS CHEFIN DER LEIBWACHE UND VOLLSTRECKERIN FÜR DEN DUNKLEN PRINZ XIZOR, UNTERLORD DER FURCHTERREGENDEN SCHWARZEN SONNE.
NEIN! BITTE NICHT!
OHNE DIE MÖGLICHKEIT EINER WAHL. DIE PROGRAMMIERUNG ERLAUBTE IHR KEINE WAHL.
DIE ZEITEN WAREN GEFÄHRLICH...
...ÄUSSERST GEFÄHRLICH.

KAKOOOM!

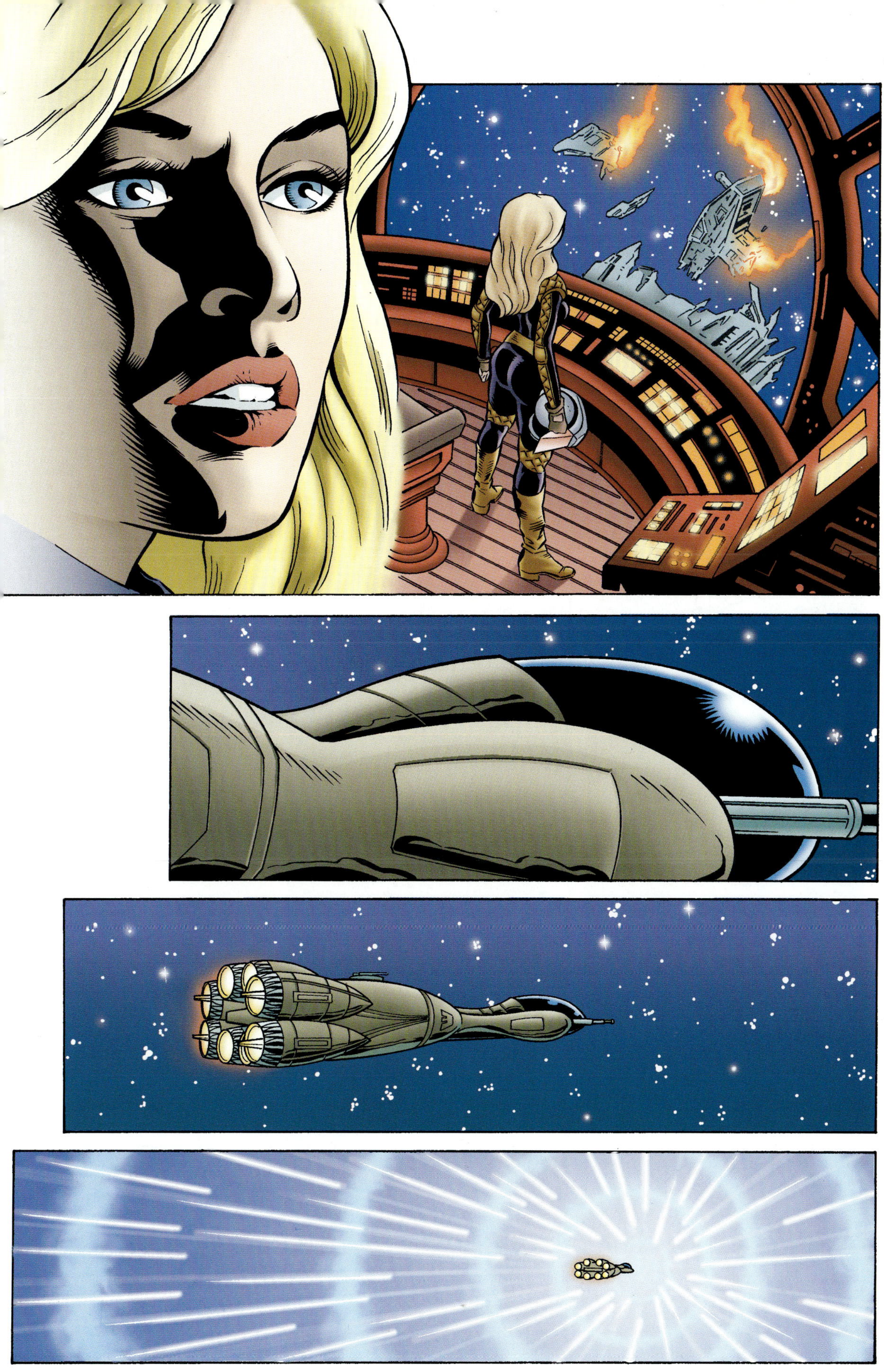

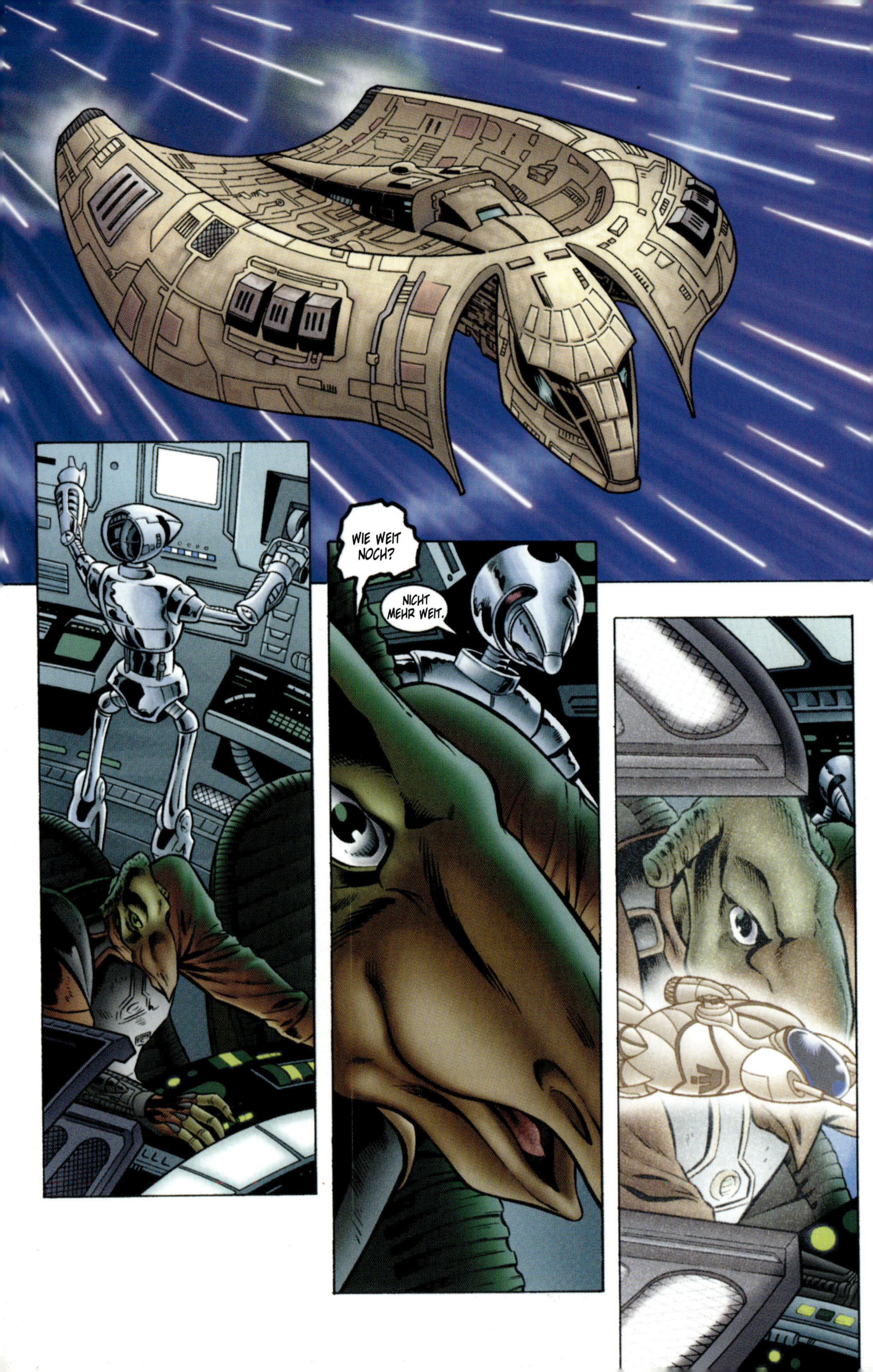
WIE WEIT NOCH?
NICHT MEHR WEIT.

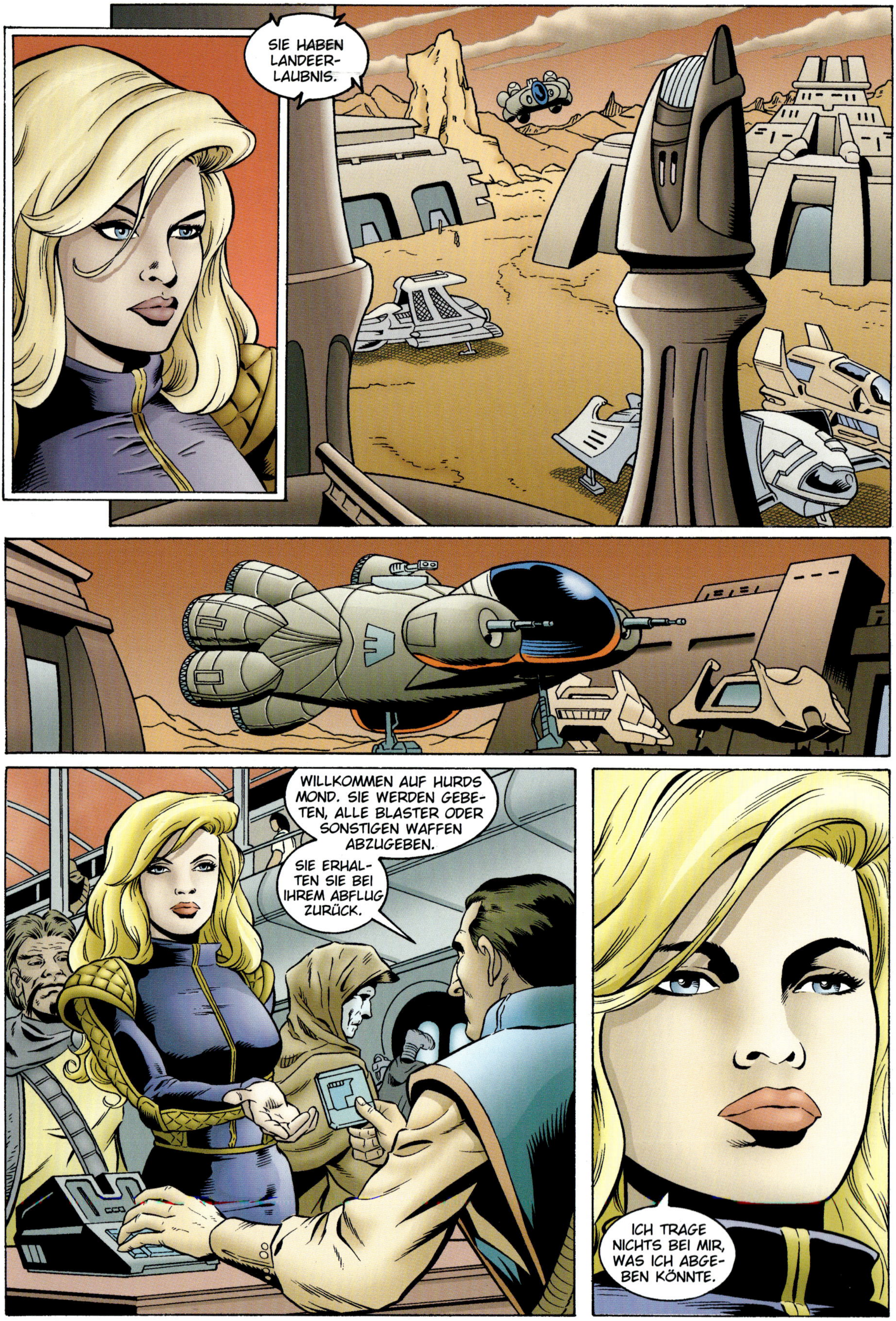
SIE HABEN LANDEER-LAUBNIS.
WILLKOMMEN AUF HURDS MOND. SIE WERDEN GEBE-TEN, ALLE BLASTER ODER SONSTIGEN WAFFEN ABZUGEBEN.
SIE ERHAL-TEN SIE BEI IHREM ABFLUG ZURÜCK.
ICH TRAGE NICHTS BEI MIR, WAS ICH ABGE-BEN KÖNNTE.

AH. UNSER OPFER IST ALSO GESCHICKTER ALS MAN UNS SAGTE. INTERESSANT.

EINE LANGE REISE, ABER ENDLICH IST ZIEL NAHE.
MANCHMAL KOMMT EINEM ETWAS IN DIE QUERE...
WENN DU HIER DURCH WILLST, MUSST DU SCHON ZAHLEN.
ACH JA?
...DOCH WENN MAN ETWAS WIRKLICH WILL, ÜBERWINDET MAN JEDES HINDERNIS.

ICH SUCHE NACH MASSAD THRUMBLE.
ALSO, DA IHM DER LADEN HIER GEHÖRT, IST ES KEINE SCHLECHTE IDEE, UM HIER NACH IHM ZU SUCHEN.
DA HINTEN IM SEPARÉ FINDET IHR IHN.

ICH MUSS MIT IHNEN REDEN.
NATÜRLICH.
PUDER DIR DIE NASE, SÜSSE. WIR SEHEN UNS SPÄTER.
SIE WISSEN, WER ICH BIN?
O JA. UND WAS NOCH WICHTIGER IST, ICH WEISS, *WAS* DU BIST.
ICH BRAUCHE IHRE HILFE.
ICH HABE ZUGANG ZU MEHR CREDITS, ALS SIE IN ZEHN LEBEN AUSGEBEN KÖNNTEN.
DU KRÄNKST MICH. ICH BRAUCHE KEINE CREDITS.

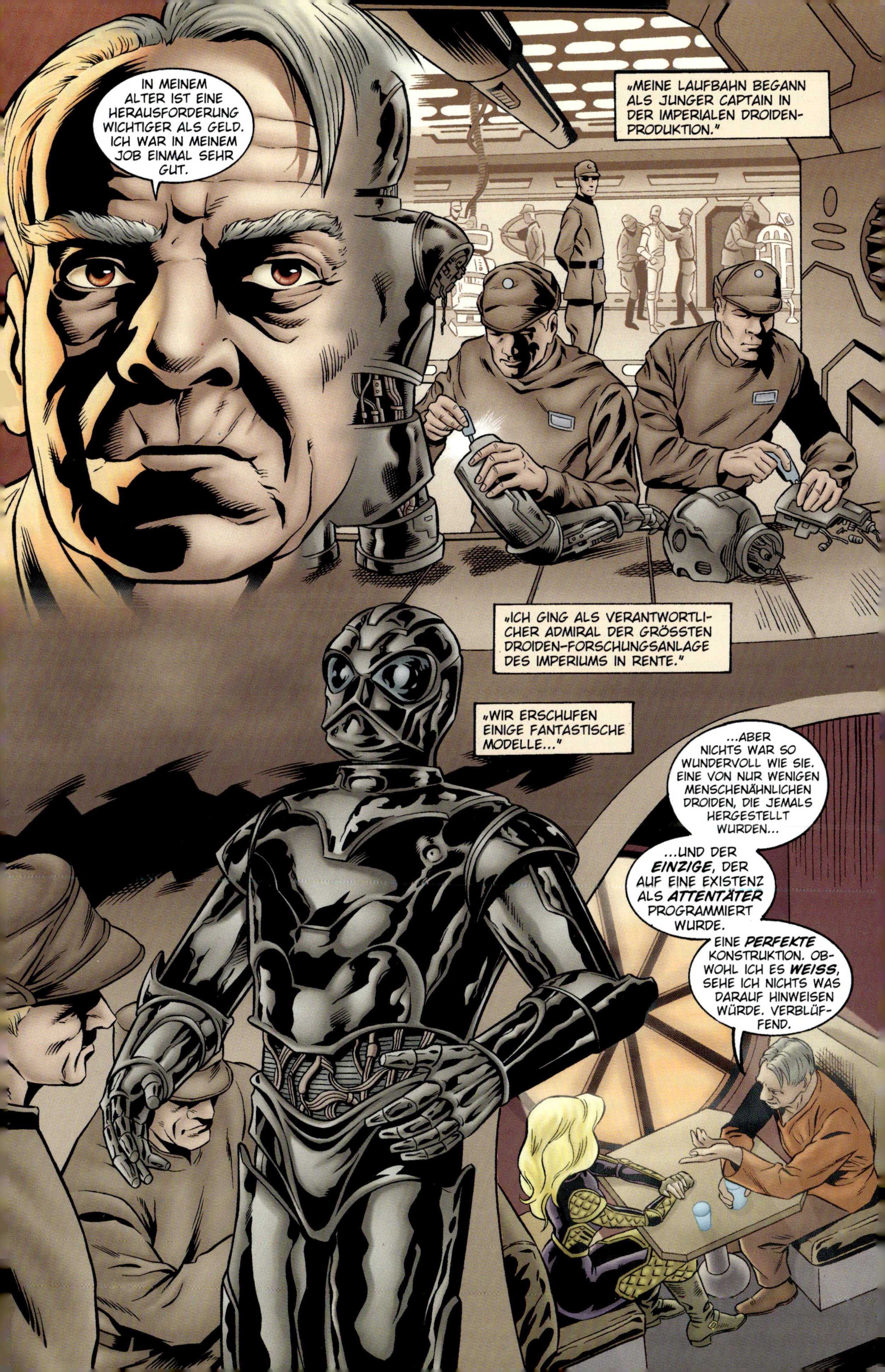
IN MEINEM ALTER IST EINE HERAUSFORDERUNG WICHTIGER ALS GELD. ICH WAR IN MEINEM JOB EINMAL SEHR GUT.
„MEINE LAUFBAHN BEGANN ALS JUNGER CAPTAIN IN DER IMPERIALEN DROIDEN-PRODUKTION."
„ICH GING ALS VERANTWORTLICHER ADMIRAL DER GRÖSSTEN DROIDEN-FORSCHUNGSANLAGE DES IMPERIUMS IN RENTE."
„WIR ERSCHUFEN EINIGE FANTASTISCHE MODELLE..."
...ABER NICHTS WAR SO WUNDERVOLL WIE SIE. EINE VON NUR WENIGEN MENSCHENÄHNLICHEN DROIDEN, DIE JEMALS HERGESTELLT WURDEN...
...UND DER *EINZIGE*, DER AUF EINE EXISTENZ ALS *ATTENTÄTER* PROGRAMMIERT WURDE.
EINE *PERFEKTE* KONSTRUKTION. OBWOHL ICH ES *WEISS*, SEHE ICH NICHTS WAS DARAUF HINWEISEN WÜRDE. VERBLÜFFEND.

ICH HABE EINEN LANGEN WEG ZURÜCK-GELEGT, UM SIE ZU FIN-DEN...
...SIE SIND VIELLEICHT DIE EINZIGE PERSON IN DER GALAXIE, DIE MICH NEU PROGRAM-MIEREN KANN.
ICH WILL KEINE ATTENTÄTERIN MEHR SEIN.
AH, EINE ÜBERAUS SCHWIERIGE HER-AUSFORDERUNG -- ABER NICHTS IST UNMÖGLICH.
ICH WÜRDE ES GERN VERSU-CHEN, NUR GIBT'S DA EIN KLEINES PROBLEM.

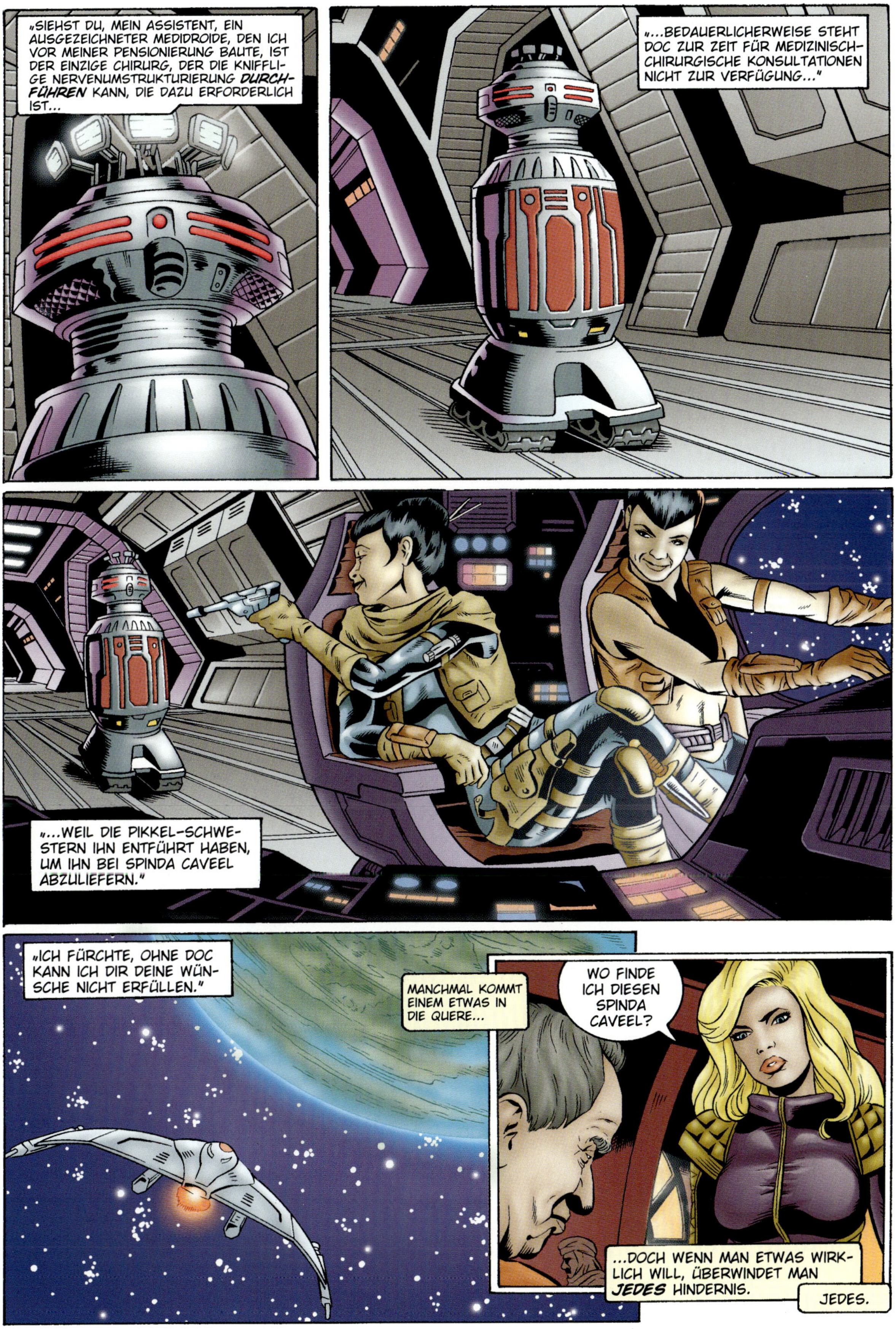
„SIEHST DU, MEIN ASSISTENT, EIN AUSGEZEICHNETER MEDIDROIDE, DEN ICH VOR MEINER PENSIONIERUNG BAUTE, IST DER EINZIGE CHIRURG, DER DIE KNIFFLIGE NERVENUMSTRUKTURIERUNG DURCHFÜHREN KANN, DIE DAZU ERFORDERLICH IST...
„...BEDAUERLICHERWEISE STEHT DOC ZUR ZEIT FÜR MEDIZINISCH-CHIRURGISCHE KONSULTATIONEN NICHT ZUR VERFÜGUNG..."
„...WEIL DIE PIKKEL-SCHWESTERN IHN ENTFÜHRT HABEN, UM IHN BEI SPINDA CAVEEL ABZULIEFERN."
„ICH FÜRCHTE, OHNE DOC KANN ICH DIR DEINE WÜNSCHE NICHT ERFÜLLEN."
MANCHMAL KOMMT EINEM ETWAS IN DIE QUERE...
WO FINDE ICH DIESEN SPINDA CAVEEL?
...DOCH WENN MAN ETWAS WIRKLICH WILL, ÜBERWINDET MAN JEDES HINDERNIS.
JEDES.

MURNINKAM, EINE DÜNN BESIEDELTE TROPISCHE WELT WEIT ABSEITS DER MEISTEN SCHIFFFAHRTSLINIEN.
NUR WENIGE HABEN EINEN GRUND HIERHER ZU REISEN. NOCH WENIGER **WAGEN** ES...
DENN DER BERÜHMTE ABTRÜNNIGE WISSENSCHAFTLER SPINDA CAVEEL **VERTEIDIGT** SEINE PRIVATSPHÄRE MIT ALLEN MITTELN.
WILLKOMMEN IN MEINEM BESCHEIDENEN LABOR, A-OIC... ODER SOLL ICH DICH >DOC< NENNEN?
ICH **WEISS**, DASS WIR UNS FABELHAFT VERSTEHEN WERDEN.

HUMMMMMM
DER DIEBSTAHL EINES DROIDEN ERSTER KLASSE IST EIN VERBRECHEN, DAS MIT BIS ZU ZEHN JAHREN HAFT BESTRAFT WIRD.
GANZ RECHT, GANZ RECHT.
FANGEN WIR AN, JA?

ES IST NICHT LEICHT, WENN MAN BESCHLIESST, ***NICHT MEHR*** DER EINZIGE MENSCHEN-ÄHNLICHE DROIDE DER GALAXIE SEIN ZU WOLLEN, GESCHWEIGE DENN DER EINZIGE, DER AUF ***ATTENTATE*** PROGRAMMIERT IST...
DER WEG DER ERLÖSUNG IST BESCHWERLICH UND MANCHMAL SEHR SCHMAL.
WENN MAN GLÜCK HAT, IST DER WEG KURZ...

...WENN MAN PECH HAT, IST DER WEG DER ERLÖSUNG JEDOCH UNGEHEUER LANG... MIT ERINNERUNGEN ÜBERSÄT. UND... HINDERNISSEN.

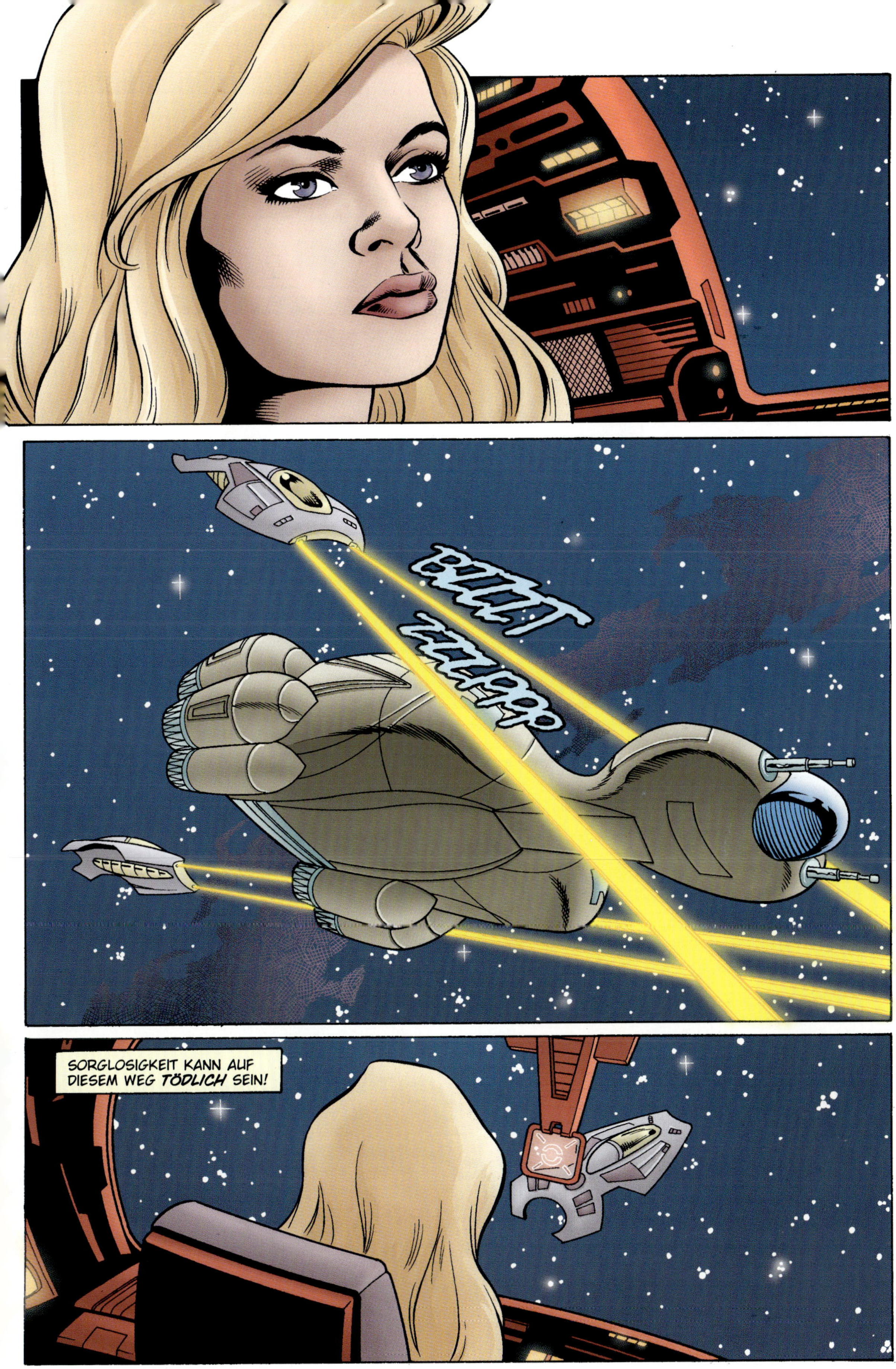
BZZZT
ZZZAPP
SORGLOSIGKEIT KANN AUF DIESEM WEG *TÖDLICH* SEIN!

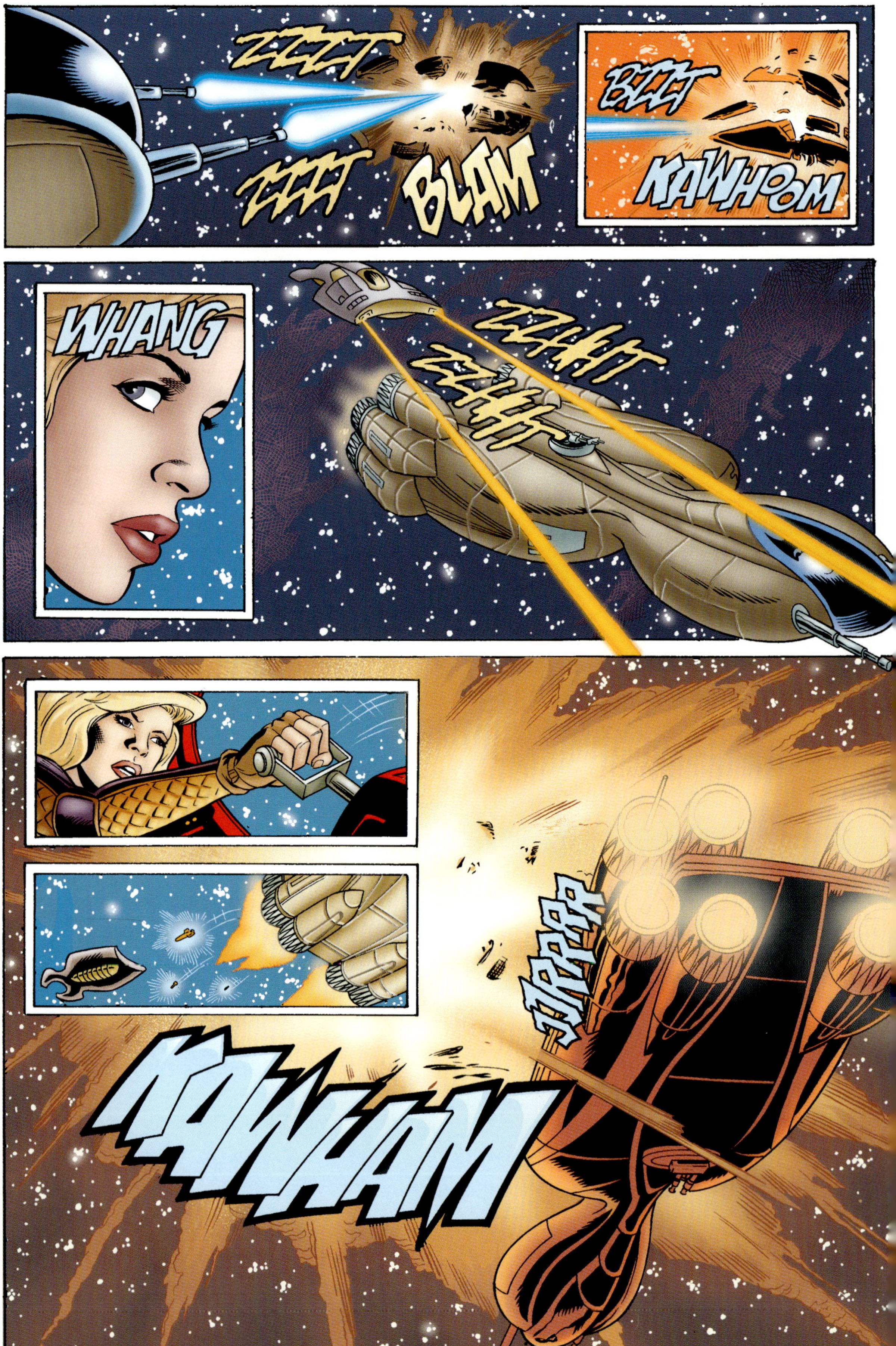
ZZZT
ZZZT
BLAM
BZZT
KAWHOOM
WHANG
ZZHHT
ZZHHT
JJRRRR
KAWHAM

ZWEI UNSERER VORPOSTEN WURDEN VON EINEM KLEINEN SCHIFF ANGEGRIFFEN UND ZERSTÖRT.
UND DAS SCHIFF?
NICHT IDENTIFIZIERT, ABER STARK BESCHÄDIGT. ER WIRD MITTEN IM KAJIIN-SUMPF EINSCHLAGEN.
MÖCHTEN SIE, DASS WIR DER SACHE NACHGEHEN? ES KÖNNTE ÜBERLEBENDE GEBEN.
NICHT NÖTIG.
NICHT EINMAL EINE ARMEE GUT AUSGERÜSTETER IMPERIALER STURMTRUPPEN WÜRDE IM KAJIIN-SUMPF LANGE DURCHHALTEN.
ZURÜCK AN DIE ARBEIT.
EEEEEEE
CRACK
ZZNAP
SPLOOSH

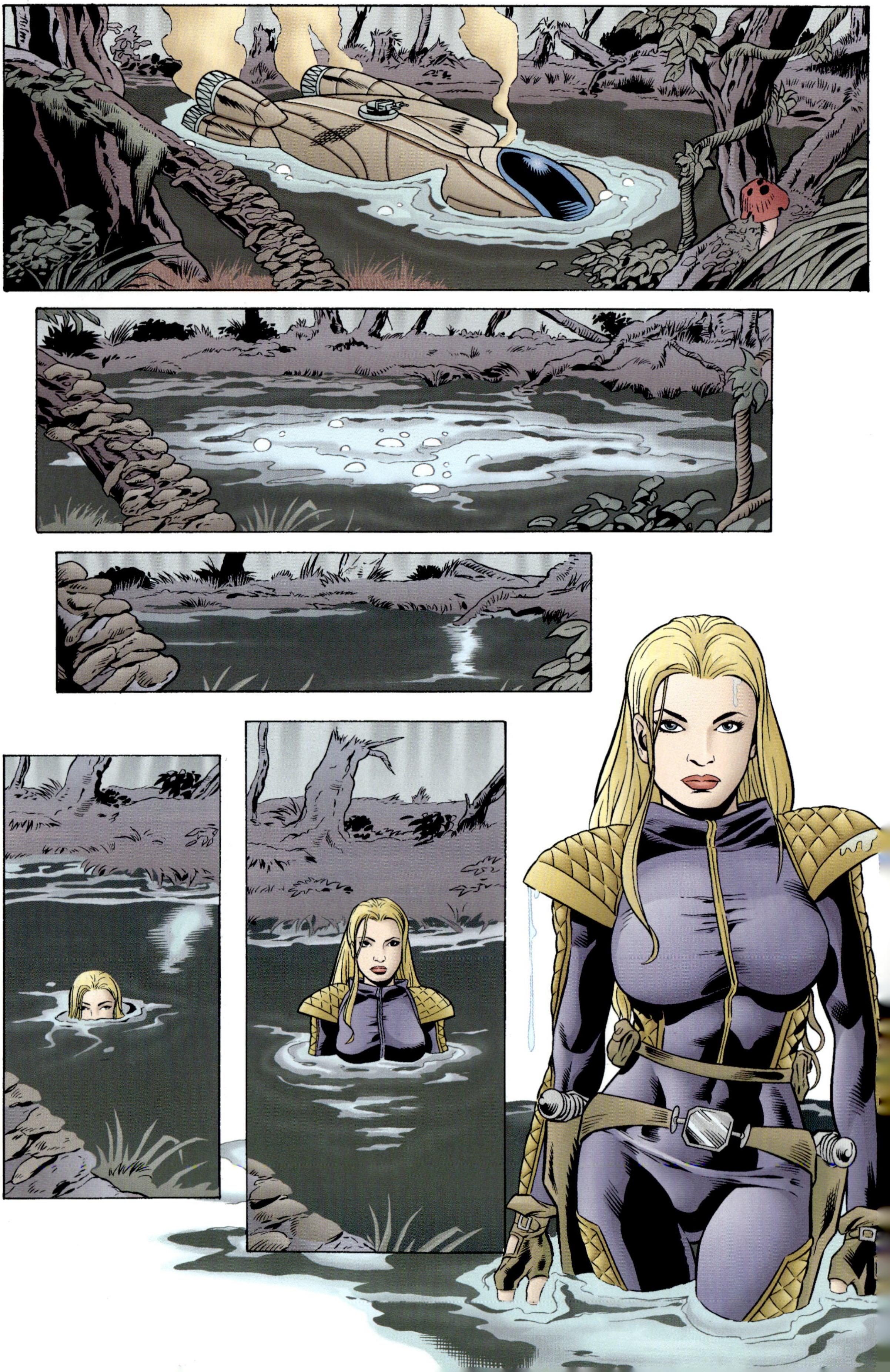

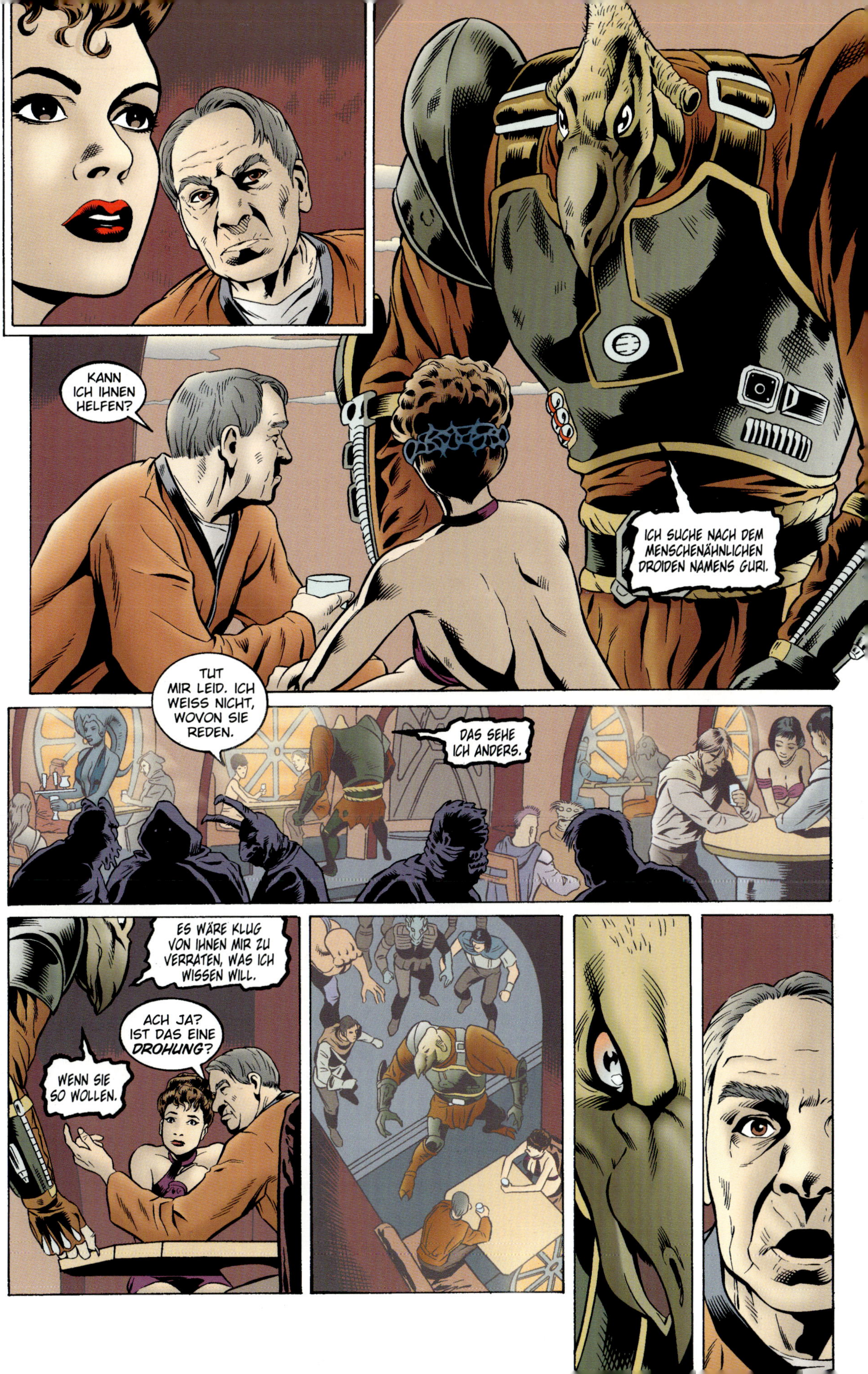
KANN ICH IHNEN HELFEN?
ICH SUCHE NACH DEM MENSCHENÄHNLICHEN DROIDEN NAMENS GURI.
TUT MIR LEID. ICH WEISS NICHT, WOVON SIE REDEN.
DAS SEHE ICH ANDERS.
ES WÄRE KLUG VON IHNEN MIR ZU VERRATEN, WAS ICH WISSEN WILL.
ACH JA? IST DAS EINE DROHUNG?
WENN SIE SO WOLLEN.

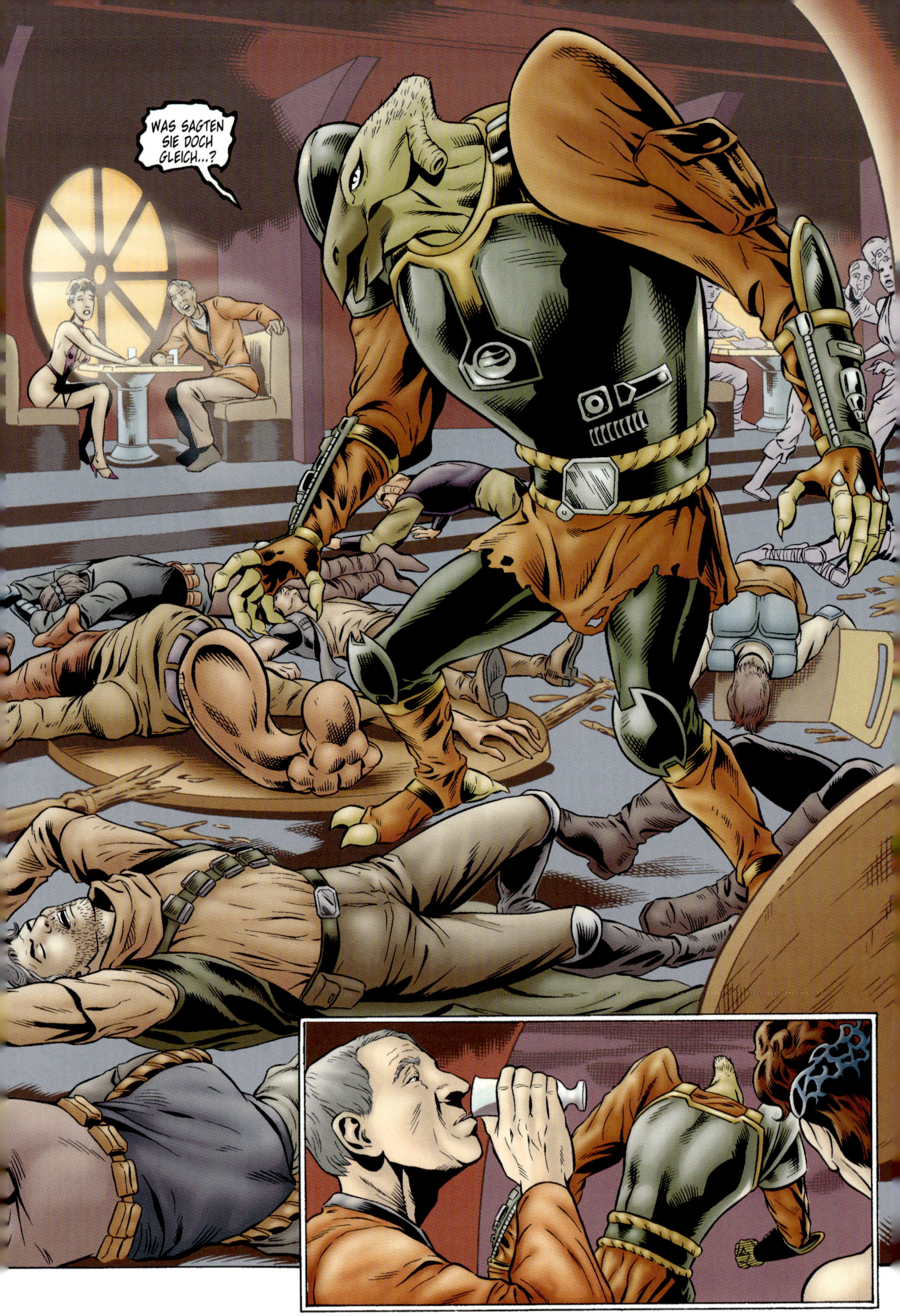
WAS SAGTEN SIE DOCH GLEICH...?

DAS PROZEDERE, DAS ICH AN DIESEM DROIDEN DURCHFÜHREN SOLL, IST ILLEGAL.
DEINE KENNTNIS DER GALAKTISCHEN GESETZE BEEINDRUCKT MICH.
TU'S TROTZDEM -- SONST ENDEST DU ALS VERROSTETER **SCHROTTHAUFEN** AUF DEM MEERESGRUND.
WHIIIRRRRRR - SHIICK

KRIK
SHUUUSH
RROOOW!

HAST DU UNSER... OPFER AUSFINDIG GEMACHT?
ICH WEISS, WOHIN SIE UNTERWEGS IST, JA.
ICH BEGEBE MICH SOFORT DORTHIN.
SEHR SCHÖN. HALT MICH AUF DEM LAUFENDEN.
AUSSCHALTEN, LINTU.
WIE SIE BEFEHLEN.
DREHT EUCH GANZ VORSICHTIG UM, PRINZ XIZOR.

ES GAB GERÜCHTE, IHR HÄTTET DIE EXPLOSION EURER SKYHOOK ÜBERLEBT.
ICH HABE EURE TARNUNG DURCHSCHAUT! LEBEND SEID IHR EIN VERMÖGEN WERT!
DARF ICH?
IHR -- IHR SEID NICHT XIZOR!
NEIN. ER WAR MEIN ONKEL.
LEG DEN BLASTER ZUR SEITE, PREVARO. EINEN SCHARFEN GEIST WIE DICH KANN ICH GUT GEBRAUCHEN.
ICH WUSSTE NICHT, DASS XIZOR EINE NICHTE HAT.
DAS WUSSTEN NUR WENIGE. JENE, DIE ES WUSSTEN, DACHTEN, ICH WÄRE BEI DEM UNFALL AUF FALLEEN GESTORBEN, DEM MEINE GANZE FAMILIE ZUM OPFER FIEL.
ICH WAR DAMALS GERADE UNTERWEGS, IM AUFTRAG DER SCHWARZEN SONNE.
ZUM GLÜCK.
„ICH HABE MICH NIE BEMÜHT ES RICHTIG ZU STELLEN. ES WAR MIR LIEBER, DASS MAN MICH FÜR TOT HIELT."
ABER -- WAS TREIBT IHR HIER? IN EINEM ANTIQUITÄTENLADEN?
ICH BEREITE MICH DARAUF VOR, DEN TOD MEINES ONKELS ZU RÄCHEN -- SOBALD ICH DIE SCHWARZE SONNE ÜBERNOMMEN HABE.
IHR? DIE SCHWARZE SONNE ÜBERNEHMEN? WIE DAS?
SAGEN WIR, ICH SETZE AUF EINE SEHR MÄCHTIGE VERBÜNDETE...

ANSCHEINEND HAT UNSERE PROGRAMMIERUNG FUNKTIONIERT.
JA. WILLST DU IHN AUSPROBIEREN?
LIEBER NICHT, DANKE.
ICH WÜNSCHTE, WIR HÄTTEN WIE DIESER DROIDE IN ZEHN MINUTEN ZEHN JAHRE KAMPFKUNST GELERNT.
ER IST GESCHICKT, FURCHTLOS, GEHORSAM. EIN PERFEKTER SOLDAT.
JA. SCHADE, DASS ER NICHT ETWAS MEHR EINEM MENSCHEN ÄHNELT. DAS KÖNNTE LUSTIG WERDEN.
OH, DU BÖSES WEIB.
NA LOS, BEEIL DICH. WIR MÜSSEN HEUTE NOCH ZEHN WEITERE FERTIG STELLEN.
RRRShiik

BZZT
BZZT
ZIEL ANVISIEREN.
ZIEL ERFASST.
FEUER!
SSZZZT
ZZZZTT
ZZWIP
KABLAM

DU HÄTTEST BLEIBEN UND DICH AN DIE SPITZE DER SCHWARZEN SONNE STELLEN... REICH UND MÄCHTIG WERDEN KÖNNEN.
ES HAT VIEL MÜHE GEKOSTET, SO WEIT ZU KOMMEN...
...SEHR VIEL MÜHE.
BIST DU DIR DENN SICHER, OB DU DAS ÜBERHAUPT WILLST?
NEIN.
WAS GIBT'S?
SCHON WIEDER BESUCH.
UND ER IST GUT. WER IMMER SIE SIND, SIE HABEN UNSERE STREIFE ÜBERTÖLPELT.
WIE SOLL ICH BEI ALL DEN STÖRUNGEN ARBEITEN? GEHT UND KÜMMERT EUCH DARUM.
NA LOS, KOMM SCHON! WIR VERPASSEN SONST DIE PARTY!
MACH DIR NICHT SOVIEL SORGEN, SCHWESTER. OHNE UNS KÖNNEN SIE NICHT ANFANGEN.
VROOM
RAOOMM

OBEN ODER UNTEN?
UNTEN.
NIEMAND ZU HAUSE.
HABE ICH SCHON ERWÄHNT, DASS DU EIN TALENT HAST, DAS WESENTLICHE ZU SAGEN?
MACH SCHON, WIR SOLLTEN SIE BESSER FINDEN.
DIE PIKKEL-SCHWESTERN? HMMM.
INTERESSANT.

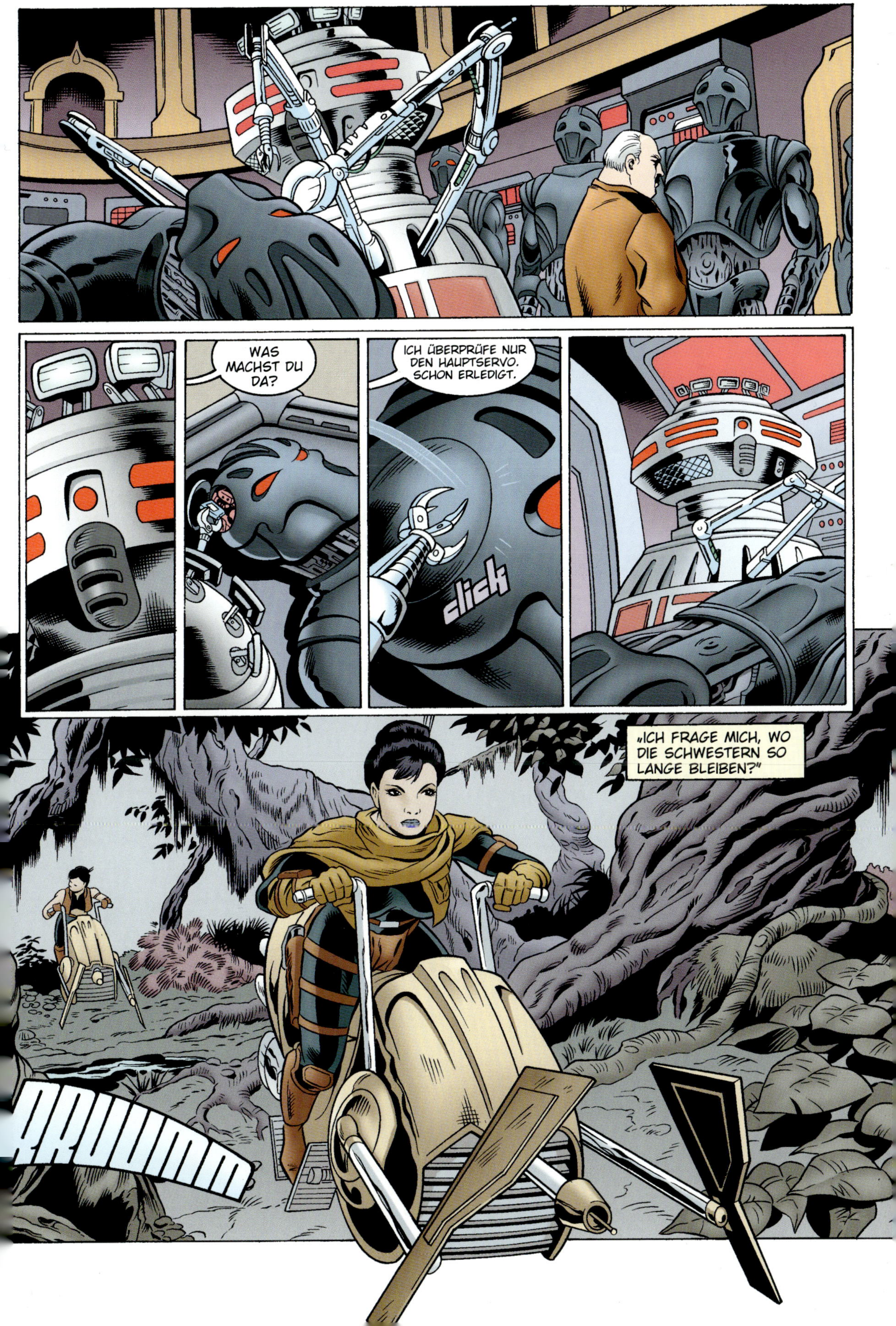
WAS MACHST DU DA?
ICH ÜBERPRÜFE NUR DEN HAUPTSERVO. SCHON ERLEDIGT.
CLICK
„ICH FRAGE MICH, WO DIE SCHWESTERN SO LANGE BLEIBEN?"
KRUUMM

BRUMMMMM
BRUMM
THWIPP

DAS SCHEINT EIN VOLLKUGELSCHILD DER KLASSE EINS ZU SEIN. WIR KÖNNTEN ES NICHT EINMAL MIT DEM WAFFENARSENAL DES **SCHIFFES** DURCHDRINGEN.
ICH WEISS.
WIRD AUCH NICHT NÖTIG SEIN. SIE KOMMT SCHON IRGENDWANN WIEDER RAUS.
SIE IST GESCHICKT. ABER DIE CHANCEN STEHEN SCHLECHT FÜR SIE.
SO EINE FRAU VERSCHAFFT SICH EIGENE CHANCEN.
ICH FRAGE MICH, WER DAS WAR?
IST DOCH EGAL. SIE WERDEN SCHON NICHT VORBEISCHNEIEN.
DIE SUMPFWESEN MÜSSEN SIE ERWISCHT HABEN. WIR KONNTEN NICHT EINMAL IHRE **KNOCHEN** FINDEN.
JA. AM SUMPF, DEM SCHUTZSCHIRM UND **EUCH** LIEBENSWERTEN GESCHÖPFEN KOMMT NIEMAND UNBESCHADET VORBEI.
DA WÜRDE ICH AN IHRER STELLE NICHT DRAUF WETTEN...

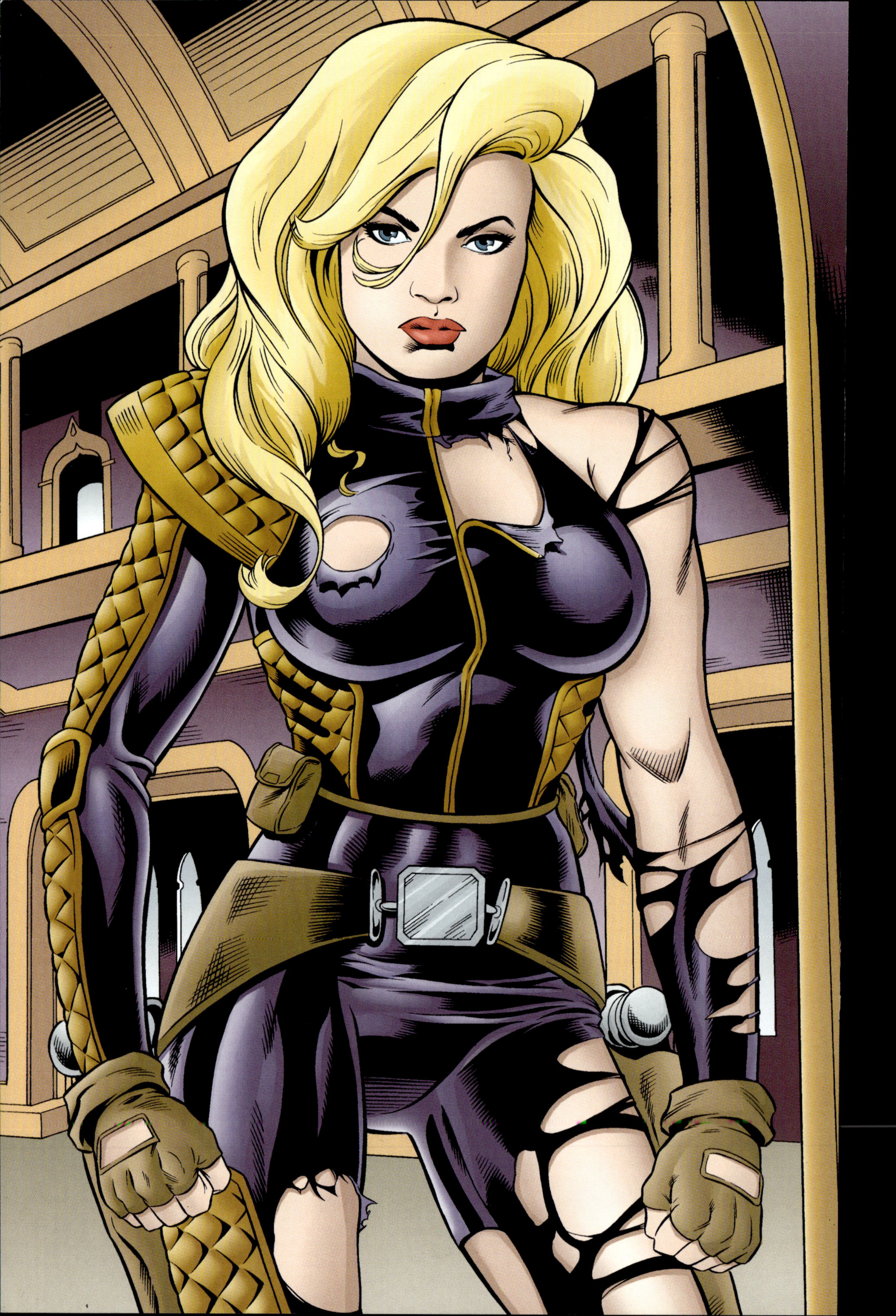

CORUSCANT.
REBELLIONEN KOMMEN UND REBELLIONEN GEHEN. DOCH MANCHES BLEIBT IMMER GLEICH...
...ODER WIE DER GROSSE PHILOSOPH BURDOCK ES AUSDRÜCKTE...
...WENN VERBRECHEN SICH NICHT AUSZAHLEN WÜRDE...
...GÄBE ES WENIGER VERBRECHER.

BITTE, BITTE, SO KOMMEN WIR NICHT WEITER! EINER NACH DEM ANDEREN!
WER IST GESTORBEN UND HAT DEM DAS WORT ERTEILT?
NUN, XIZOR IST GESTORBEN -- HEH, HEH -- ABER VON EINEM SCHWANZKOPF LASSE ICH MIR NICHTS SAGEN.
SO ERSTAUNLICH ES AUCH KLINGT, LONAY HAT RECHT. WENN DIE SCHWARZE SONNE ÜBERLEBEN WILL, MÜSSEN WIR DIESE NEUORGANISATION SCHAFFEN, UND ZWAR BALD.
MIR BEHAGT DIE VORSTELLUNG AUCH NICHT, VON EINEM MENSCHEN BEFEHLE ENTGEGENZUNEHMEN.
ERST RECHT NICHT VON EINER FRAU.
ACH, ICH WEISS NICHT. MENSCHENFRAUEN SIND SCHON IN ORDNUNG. ICH HATTE MAL EIN ATTENTÄTER-ZWILLINGSPÄRCHEN, DAS ICH GUT LEIDEN KONNTE.
DIE PIKE-SCHWESTERN. WAS IST EIGENTLICH AUS IHNEN GEWORDEN?
HABEN DEN NAMEN GEWECHSELT UND SICH SELBSTÄNDIG GEMACHT, GLAUBE ICH.
VIGOS, WENN DU DEINE PRIVATGESCHÄFTE VIELLEICHT EIN ANDERMAL ERÖRTERN KÖNNTEST?

WIE HABEN SIE DAS GESCHAFFT?
DIE SICHERHEITSSYSTEME DER SCHWARZEN SONNE SIND NICHT MEHR DIE SELBEN, SEIT XIZOR... ALS ANFÜHRER IN RENTE GING.
IN RENTE GING? SO KANN MAN ES AUCH AUSDRÜCKEN.
HHAARN!
ALSO, WER IST DIE FRAU?
JEMAND, DER NICHT DAS GERINGSTE INTERESSE AN DIR HAT, HAN SOLO!

NEIN! ERGREIFT SIE LEBEND! SIE IST EIN VERMÖGEN WERT!
YIII!
WHOA!

THWUMP
HABE ICH SCHON ERWÄHNT, DASS ICH AN DIESER SPEZIELLEN EINHEIT EIN PAAR VERÄNDERUNGEN VORGENOMMEN HAB'?
BIST DU ZUFÄLLIG DOC?
ICH BIN'S, UND KEINES-WEGS ZUFÄL-LIG. UND DU BIST...?
JEMAND, DER DEINE DIENSTE BENÖTIGT. MASSAD THRUMBLE SAGTE MIR, WO ICH DICH FINDEN KANN. GEHEN WIR?
ICH STEHE JEDERZEIT ZUR VERFÜ-GUNG.

CORUSCANT IST DAS ZENTRUM...
DAS IMPERIUM WURDE BESIEGT -- UND EINIGES HAT SICH VERÄNDERT...
...ABER MANCHES AUCH NICHT.

HIER IM SÜDLICHEN UNTERGRUND...
...BLEIBT EINE SACHE UNVERÄNDERT...
KAR YANG ARBEITET FÜR EUCH -- TROTZDEM LASST IHR IHM DURCH ***EUREN DROIDEN*** NACHSPIONIEREN? WIE ***VERSCHLAGEN.***
VERTRAUEN IST EIN LUXUS, DEN MAN SICH IN MEINEM GESCHÄFT NICHT LEISTEN KANN.
ES STEHT ZU VIEL AUF DEM SPIEL. ICH KENNE ***EINIGE*** GEHEIMNISSE MEINES ONKELS, ABER NICHT GENUG, UM DEN SIEG ***SICHERZUSTELLEN.***

DU HAST LANGE GEBRAUCHT. IST DAS SCHIFF OKAY?
ALLES IN ORDNUNG.
KOPF HOCH. DA KOMMEN SIE.
RRRMMMMM
WOLLEN WIR SIE NICHT GEFANGEN NEHMEN?
NICHT HIER. ICH WÄHLE DEN ORT AUS.
KOMM.
RRRMMMMM

click
SLISH
INTERESSANTE STELLE, UM EIN SCHIFF ZU VERBERGEN.
ES IST STILL HIER, NICHT WAHR?
CLEVER. SEHR CLEVER. DAS GEFÄLLT MIR.
WENN SIE ERST IM SCHIFF IST, VERLIEREN WIR SIE VIELLEICHT.
PAT
SHWEEEEEEEEEE
CHONK!
PEEP PEEP PEEP
PEEP PEEP

ICH MAG DIESE MISSION NICHT BESONDERS.
KEINE SORGE, ICH ÜBERNEHME DAS REDEN.
DAS MACHT MIR AM MEISTEN SORGEN.
BLIIEET BLIIEET.
NEIN, IST MIR EGAL, *WAS* DU SAGST. ES GEFÄLLT MIR TROTZDEM NICHT.
BLAAT!
DU WEISST DOCH NOCH, WAS DAS *LETZTE* MAL GESCHAH, ALS DIE PRINZESSIN MIT DER SCHWARZEN SONNE VERHANDELN WOLLTE, NICHT WAHR?
TUT MIR LEID, ABER MEIN DASEINSZWECK BESTEHT *NICHT* DARIN, *IN DIE LUFT GESPRENGT* ZU WERDEN!
DIE BEIDEN SOLLTEN ALS KOMIKER IN DIE UNTERHALTUNGSBRANCHE GEHEN.
HARRNN!
„GLAUBEN SIE ALLEN ERNSTES, WIR KÖNNEN DIE SCHWARZE SONNE DAVON ÜBERZEUGEN, DIE SACHE FRIEDLICH ZU REGELN, PRINZESSIN?"
„ICH HOFFE ES, LANDO. DIE ALLIANZ WILL NICHT, DASS NOCH MEHR BÜRGER GETÖTET WERDEN, UNABHÄNGIG VON DER *ART* DES KRIEGES."
„*ARRNN!*"

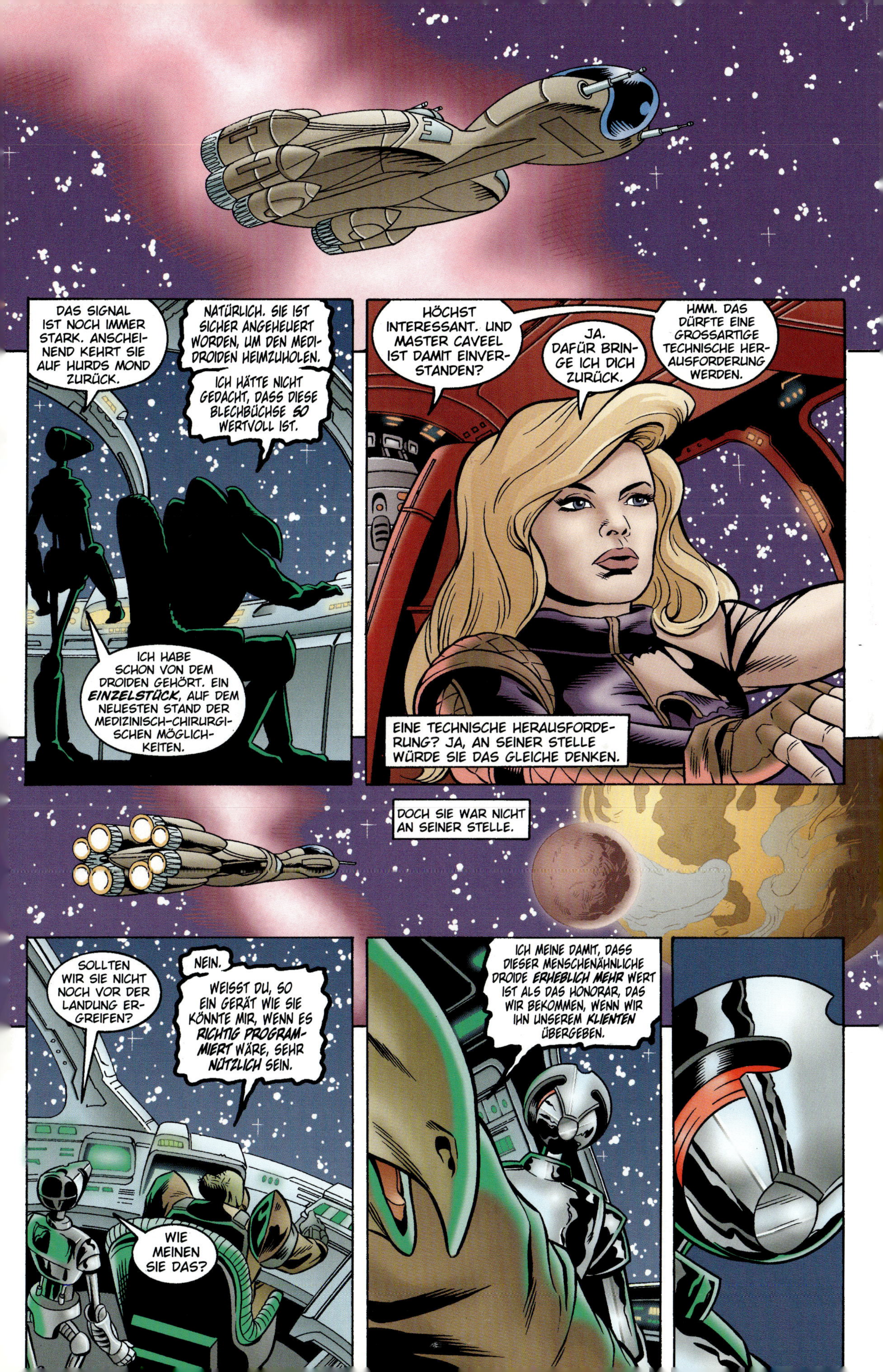
DAS SIGNAL IST NOCH IMMER STARK. ANSCHEINEND KEHRT SIE AUF HURDS MOND ZURÜCK.
NATÜRLICH. SIE IST SICHER ANGEHEUERT WORDEN, UM DEN MEDIDROIDEN HEIMZUHOLEN.
ICH HÄTTE NICHT GEDACHT, DASS DIESE BLECHBÜCHSE SO WERTVOLL IST.
ICH HABE SCHON VON DEM DROIDEN GEHÖRT. EIN EINZELSTÜCK, AUF DEM NEUESTEN STAND DER MEDIZINISCH-CHIRURGISCHEN MÖGLICHKEITEN.
HÖCHST INTERESSANT. UND MASTER CAVEEL IST DAMIT EINVERSTANDEN?
JA. DAFÜR BRINGE ICH DICH ZURÜCK.
HMM. DAS DÜRFTE EINE GROSSARTIGE TECHNISCHE HERAUSFORDERUNG WERDEN.
EINE TECHNISCHE HERAUSFORDERUNG? JA, AN SEINER STELLE WÜRDE SIE DAS GLEICHE DENKEN.
DOCH SIE WAR NICHT AN SEINER STELLE.
SOLLTEN WIR SIE NICHT NOCH VOR DER LANDUNG ERGREIFEN?
NEIN.
WEISST DU, SO EIN GERÄT WIE SIE KÖNNTE MIR, WENN ES RICHTIG PROGRAMMIERT WÄRE, SEHR NÜTZLICH SEIN.
WIE MEINEN SIE DAS?
ICH MEINE DAMIT, DASS DIESER MENSCHENÄHNLICHE DROIDE ERHEBLICH MEHR WERT IST ALS DAS HONORAR, DAS WIR BEKOMMEN, WENN WIR IHN UNSEREM KLIENTEN ÜBERGEBEN.

VERGISS NICHT, DASS *ICH* DAS REDEN ÜBERNEHME. BRING NIEMANDEN AUF DIE PALME UND *MISCH DICH NICHT EIN*.
ICH? MICH EINMISCHEN? AUF DIE IDEE WÜRDE ICH NIE KOMMEN.
KLAR, DAS IST SO ABWEGIG WIE EIN HUTT VERTRAUENSWÜRDIG.
HEY, PASS AUF, KLEINER. IST MIR *SCHNURZ*, OB DU EIN JEDI-RITTER BIST.
WILLKOMMEN.
SIE SIND ALSO DER BERÜHMTE HAN SOLO? FREUT MICH, SIE ENDLICH KENNENZULERNEN. ICH HABE SCHON SO VIEL VON IHNEN GEHÖRT. KOMMEN SIE...
WAS *IST* DAS NUR MIT HAN UND DEN FRAUEN? WIE *MACHT* ER DAS?
JEDENFALLS MACHT ER'S NICHT MEHR LANGE. DAFÜR SORGE *ICH*.

BZZT
BZZT
ICH WUSSTE ES! ICH *WUSSTE*, DASS WIR ÄRGER BEKOMMEN!
HALT DIE KLAPPE UND SCHIESS!
ZUHT VVVM
ZZIIPP
ZZAP
SO VIEL ZU FRIEDLICHEN VERHAND-LUNGEN.

EINE IDEE, WER SIE GESCHICKT HAT?
DAS IST EINER VON VEKKERS SOLDATEN.
ICH DACHTE, ES WÄRE SPRAX ODER KREET'AH.
ETWAS IN DER ART, JA.
SIE HABEN SOWAS ERWARTET?
ICH WEISS DIE BEMÜHUNGEN DER ALLIANZ ZU SCHÄTZEN. ABER ICH GLAUBE, ES IST MITTLERWEILE ZU SPÄT, UM MIT REDEN WAS ZU BEWIRKEN.
CLEZO UND WUMDI WERDEN MIT IHREN TRUPPEN JAGD AUF VEKKER MACHEN, BEVOR DIE SONNE UNTERGEHT.
WAS IST MIT IHNEN?
ICH BIN WEDER SO BRUTAL NOCH SO EHRGEIZIG WIE ER.
MEINE GESCHÄFTE SIND JETZT ZUM GRÖSSTEN TEIL RECHTMÄSSIG.
ABER VIELLEICHT KÖNNEN SIE MIR TROTZDEM HELFEN. ICH WERDE VERSUCHEN VERBINDUNG MIT VEKKER AUFZUNEHMEN. VIELLEICHT KÖNNEN SIE EINEN WAFFENSTILLSTAND AUSHANDELN.
SIE HABEN MIR VORHIN DAS LEBEN GERETTET. ICH BIN IHNEN SEHR DANKBAR, AUSSERORDENTLICH DANKBAR...

JA?
ES GIBT KOMPLIKATIONEN.
SCHWAFELN SIE NICHT. KÖNNEN SIE JETZT UNGESTÖRT REDEN?
JA. YANG SCHLÄFT.
PROBLEME MIT DEM ANGRIFF?
NEIN, ES LIEF GENAU WIE GEPLANT. ALLE WELT GLAUBT, VEKKER STECKE DAHINTER.
ABER ANSCHEINEND IST MEIN KOPFGELDJÄGER AUF DIE IDEE GEKOMMEN, DASS ER GURI FÜR *SICH* BEHALTEN SOLLTE.
„GURI IST DER SCHLÜSSEL FÜR *ALLE* GEHEIMNISSE MEINES ONKELS. WENN ICH DIE SCHWARZE SONNE ÜBERNEHMEN WILL, MUSS ICH SIE HABEN."
UND DA ICH YANG NICHT VERTRAUEN KANN, MUSS ICH WOHL EINE KLEINE REISE ANTRETEN.
GLAUBT IHR, IHR WERDET MIT IHR FERTIG?
DU VERGISST, DASS *ICH* DIE CODES BESITZE, DIE SIE KONTROLLIEREN. EIN ALTES FAMILIENGEHEIMNIS. BERUHT AUF UNSERER GENETIK. SIE WIRD KEINE ANDERE WAHL HABEN ALS MIR ZU GEHORCHEN.

.DIE LAMPEN FUNKTIONIEREN WOHL NICHT RICHTIG. IN DER DUNKELHEIT KÖNNTEN SICH POTENTIELLE ANGREIFER VERBERGEN.
SEH' ICH GENAUSO.
GEH VOR. ICH GEB DIR DECKUNG.
ZZHHTT
EIN JAMMER, DASS NICHT NUR DIE LAMPEN NICHT RICHTIG FUNKTIONIERTEN.

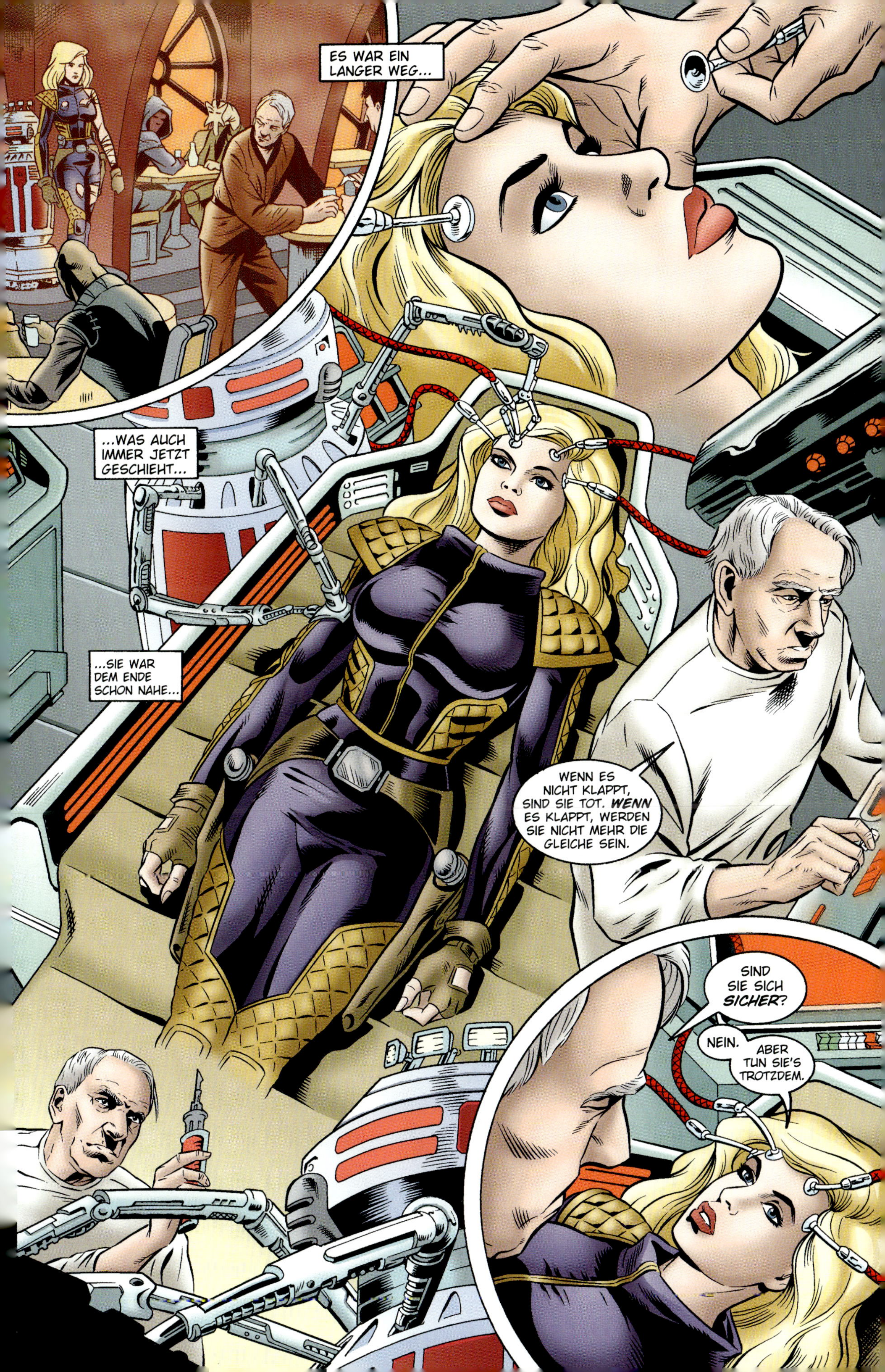
ES WAR EIN LANGER WEG...
...WAS AUCH IMMER JETZT GESCHIEHT...
...SIE WAR DEM ENDE SCHON NAHE...
WENN ES NICHT KLAPPT, SIND SIE TOT. WENN ES KLAPPT, WERDEN SIE NICHT MEHR DIE GLEICHE SEIN.
SIND SIE SICH SICHER?
NEIN.
ABER TUN SIE'S TROTZDEM.

KEINE BEWEGUNG!
SORG DAFÜR, DASS ER NICHT SO SCHNELL LOSKOMMT. WENN ICH EINEN VERFOLGER ENTDECKE, WERFE ICH DICH AUS DER LUFTSCHLEUSE.
WARTE. ICH HABE NOCH ETWAS VERGESSEN.
ACH JA? WAS DENN?

DAS!

JZZTT
ZWING MICH NICHT!
SPOIT

EINFACH UNGLAUBLICH.
EIGENTLICH NICHT. DARAUF BIN ICH PRO-GRAMMIERT.
UND GENAU DAS WILL ICH NICHT MEHR.
KÖNNEN WIR WEITERMA-CHEN?
WIR MÜSSEN ERST, ÄH, EINIGE DER GERÄTE WIEDER NEU JUSTIEREN.
TUN SIE'S!
DAS WIRD EINE WEILE DAUERN.
ICH LAUFE NICHT WEG.

CORUSCANT, DAS ZENTRUM DER ZIVILISIERTEN GALAXIE...
...ZIVILISIERT -- NATÜRLICH BIS AUF DEN KRIEG, DER GERADE ZWI-SCHEN DEN ÜBERRESTEN DES VERBRECHERSYNDIKATS SCHWARZE SONNE TOBT...
BZZTT

BIS DIE ALLIANZ EINE MÖGLICHKEIT FINDET, DAS BLUTBAD ZU STOPPEN.
ICH GLAUBE NICHT, DASS COMPUTERSPIELE DIE SCHURKEN ABHALTEN WERDEN AUFEINANDER ZU SCHIESSEN, LEIA.
ICH HABE NUR GERADE ETWAS RECHERCHE ÜBER DEINE FREUNDIN VON DER SCHWARZEN SONNE BETRIEBEN --
HEY, SIE IST NICHT MEINE --
-- UND DABEI BIN ICH AUF ETWAS SEHR INTERESSANTES GESTOSSEN...
BIST DU SICHER?
SIEH DOCH SELBST. ES PASST PERFEKT.
ICH WUSSTE NICHT, DASS XIZOR EINE NICHTE HAT.
ANSCHEINEND WOLLTE SIE IHRE IDENTITÄT GEHEIMHALTEN.
WARUM?
GLAUBST DU, DASS DIESE... SAVAN HINTER ALL DEN SCHIESSEREIEN DER SCHWARZEN SONNE STECKT?
TEILE UND HERRSCHE. SIE BRINGT SIE DAZU SICH GEGENSEITIG ABZUKNALLEN, DANN GREIFT SIE EIN UND ÜBERNIMMT ALLES WAGEMUTIG, ABER WENN SIE ES RICHTIG ABSTIMMT...
DU KENNST DOCH DIE REDEWENDUNG: >WENN DIE BARBARELLAS DICH FANGEN, LASS NICHT ZU, DASS SIE DICH DEN WEIBERN ÜBERGEBEN.<
WAS?
NICHTS. ICH HABE NUR LAUT GEDACHT.

WIR SOLLTEN LIEBER LOSZIEHEN UND MIT SAVAN EIN SCHWÄTZCHEN HALTEN.
DOCH SAVAN ZU FINDEN IST LEICHTER GESAGT ALS GETAN.
HURDS MOND. DIREKT VOR UNS.

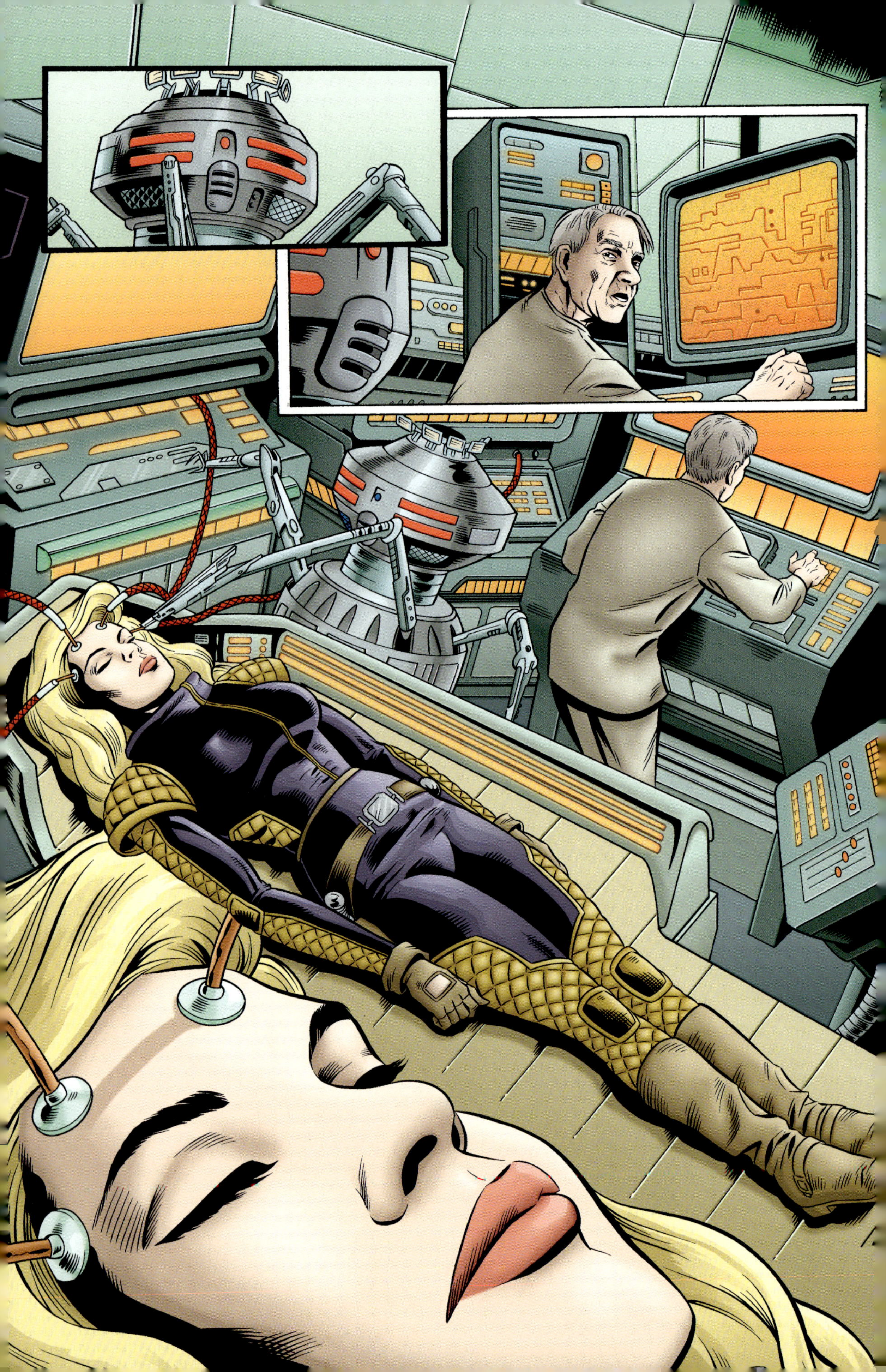

DIES IST EIN HÖCHST KOMPLIZIERTES INTERFACE. WIR MÜSSEN BEHUTSAM VORGEHEN, SONST RISKIEREN WIR, DASS WIR IHR DEN NEUROCORTEX AUSBRENNEN.
JA, WIR MÜSSEN VORSICHTIG SEIN.
WAS IN IHREM FASZINIERENDEN GEHIRN WOHL GERADE VORGEHT?

DER MOND IST GROSS. WIE WOLLEN SIE SIE FINDEN -- ERST RECHT, WENN SIE NICHT GEFUNDEN WERDEN *WILL*?
DER ARM DER SCHWARZEN SONNE REICHT *ÜBERALL HIN.*
AUSSERDEM, DU GLAUBST DOCH WOHL NICHT, DASS ICH EINEN SPIONDROIDEN AUSSCHICKTE, OHNE DASS ICH IHN *AUFSTÖBERN* KANN, ODER?
SIEHST DU ETWAS?
JA, ALLERDINGS, SEHE ICH ETWAS.

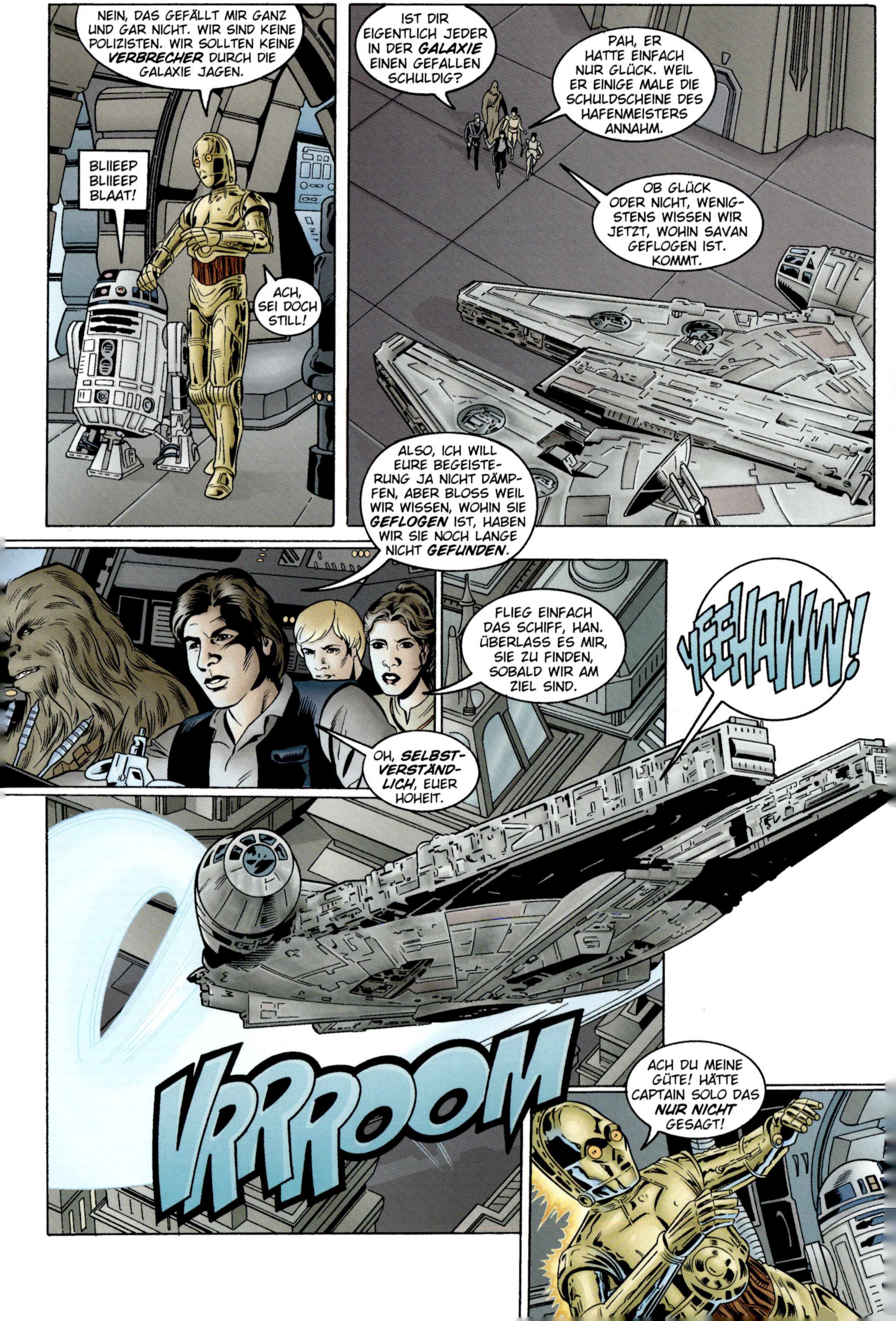
NEIN, DAS GEFÄLLT MIR GANZ UND GAR NICHT. WIR SIND KEINE POLIZISTEN. WIR SOLLTEN KEINE VERBRECHER DURCH DIE GALAXIE JAGEN.
BLIIEEP BLIIEEP BLAAT!
ACH, SEI DOCH STILL!
IST DIR EIGENTLICH JEDER IN DER GALAXIE EINEN GEFALLEN SCHULDIG?
PAH, ER HATTE EINFACH NUR GLÜCK. WEIL ER EINIGE MALE DIE SCHULDSCHEINE DES HAFENMEISTERS ANNAHM.
OB GLÜCK ODER NICHT, WENIGSTENS WISSEN WIR JETZT, WOHIN SAVAN GEFLOGEN IST. KOMMT.
ALSO, ICH WILL EURE BEGEISTERUNG JA NICHT DÄMPFEN, ABER BLOSS WEIL WIR WISSEN, WOHIN SIE GEFLOGEN IST, HABEN WIR SIE NOCH LANGE NICHT GEFUNDEN.
FLIEG EINFACH DAS SCHIFF, HAN. ÜBERLASS ES MIR, SIE ZU FINDEN, SOBALD WIR AM ZIEL SIND.
OH, SELBSTVERSTÄNDLICH, EUER HOHEIT.
YEEHAWW!
VRRROOM
ACH DU MEINE GÜTE! HÄTTE CAPTAIN SOLO DAS NUR NICHT GESAGT!

AHA, DU BIST ALSO DIE KOPFGELDJÄGERIN SKAHTUL. DIR EILT EIN ZIEMLICH GUTER RUF VORAUS. HAST DU DAS, WONACH WIR SUCHEN?
JA... UND... NEIN, MYLADY.
NACH DIESEM... ZWISCHENFALL MIT IHREM AGENTEN YANG ERGRIFF THRUMBLE GEWISSE SICHERHEITS-MASSNAHMEN, UM KÜNFTIG GEWAPPNET ZU SEIN.
„SEINE VERTEIDIGUNGSSYSTEME SIND RECHT BEACHTLICH."
BZZTT
BZZTT
BZAPPT!
„JEDER VERSUCH, IHN ANZUGREIFEN ODER IN DAS GESCHÜTZTE GEBIET EINZUDRINGEN, WÄRE... ÄH, UNKLUG. ÄUSSERST UNKLUG."

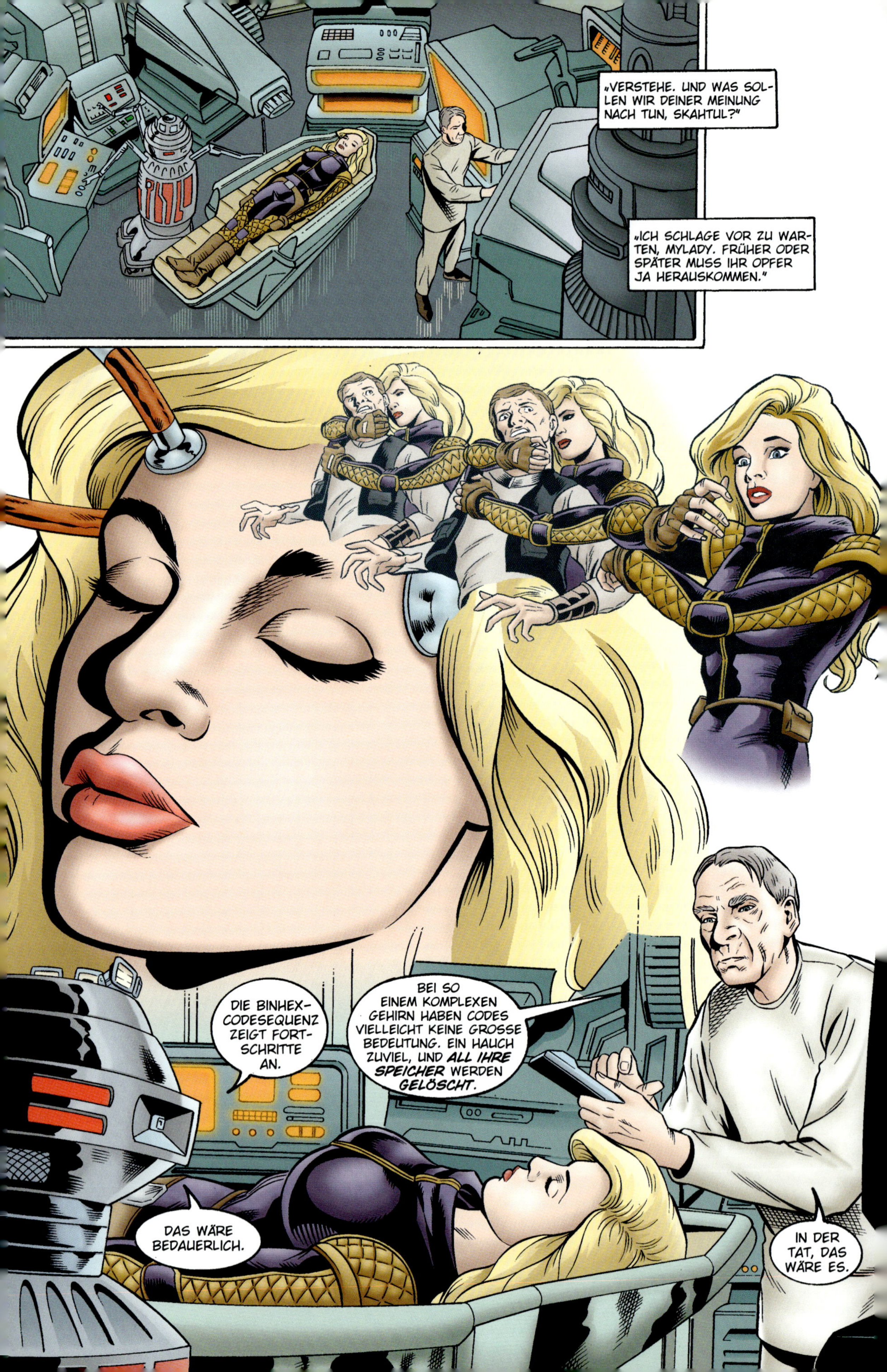
„VERSTEHE. UND WAS SOLLEN WIR DEINER MEINUNG NACH TUN, SKAHTUL?"
„ICH SCHLAGE VOR ZU WARTEN, MYLADY. FRÜHER ODER SPÄTER MUSS IHR OPFER JA HERAUSKOMMEN."
DIE BINHEX-CODESEQUENZ ZEIGT FORTSCHRITTE AN.
BEI SO EINEM KOMPLEXEN GEHIRN HABEN CODES VIELLEICHT KEINE GROSSE BEDEUTUNG. EIN HAUCH ZUVIEL, UND ***ALL IHRE SPEICHER*** WERDEN ***GELÖSCHT***.
DAS WÄRE BEDAUERLICH.
IN DER TAT, DAS WÄRE ES.

ICH FIND'S IMMER WIEDER ERSTAUNLICH.
JA, ABER PERFEKT IST ER NOCH NICHT DARIN. PASS AUF.
HEY! WAS HAT DER RANCOR HIER ZU SUCHEN?
SEHR WITZIG, HAN!
SAGTEST DU NICHT, DU MUSST LERNEN, ABLENKUNGEN ZU IGNORIEREN?
ERST WENN ICH GELERNT HABE DICH ZU IGNORIEREN, BIN ICH EIN WAHRER JEDI-MEISTER.
SIEHST DU? UND DAS HAST DU DANN MIR ZU VERDANKEN.
MIT EUCH DREIEN ZU REISEN IST ALS FLIEGE MAN AUF EINEM SCHIFF VOLLER KINDER.
NA KOMM SCHON. DU LIEBST UNS DOCH.
JA, ICH WEISS. ABER DEN GRUND WERDE ICH WOHL NIE BEGREIFEN.

BZZTT
ZZAPP
ZZTTT
CHOW
LANGE WARTEZEITEN KANN ICH MIR NICHT LEISTEN. AUF MICH WARTEN DRINGENDE GESCHÄFTE.
MEHR ALS EIN PAAR TAGE SIND NICHT DRIN.

VIELLEICHT HAT HAN RECHT. VIELLEICHT SOLLTEN WIR EINFACH ABWARTEN, BIS DIE SPLITTERGRUPPEN DER SCHWARZEN SONNE SICH GEGENSEITIG AUSGELÖSCHT HABEN.
WENN SIE BESSERE SCHÜTZEN WÄREN, WÜRDE ICH DIR ZUSTIMMEN. ABER ES SIND SCHON ZU VIELE ZIVILISTEN IN DIE SCHUSSLINIE GERATEN.
WIR MÜSSEN SAVAN FINDEN UND IHREN MACHENSCHAFTEN EIN ENDE BEREITEN, LUKE. DIE UHR LÄUFT. JE LÄNGER ES DAUERT, DESTO SCHLIMMER WIRD ALLES.
ICH HOFFE FÜR DICH, DASS ICH NICHT WIEDER AUF EINE DEINER *VERÄNDERUNGEN* STOSSE, KUMPEL.
HEY, DAS IST ALLES IN BESTEM GLAUBEN GESCHEHEN. IST DOCH NICHT MEINE SCHULD, DASS DER CHEFINGENIEUR EINEN KATER HATTE.
HALTET EUCH BEREIT -- WIR MACHEN DEN SPRUNG DURCH DIE LICHTMAUER.

AUCH ANDERNORTS TICKT DIE UHR...
WIR MÜSSEN DEN ANDEREN MÖGLICHKEITEN NACHGEHEN, ÜBER DIE WIR GESPROCHEN HABEN. KRIEGST DU DAS HIN?
ICH FINDE GANZE SCHIFFSLADUNGEN VON HELFERN. KOMMT DRAUF AN, WIEVIEL CREDITS SIE SPRINGEN LASSEN WOLLEN.
WARUM SITZT DU DANN NOCH HIER HERUM?
SCHAU AN, SO EIN ZUCKERSTÜCKCHEN. ICH GLAUBE NICHT, DASS WIR UNS HIER SCHON MAL GESEHEN HABEN.
ZISCH AB.
DU WEISST NICHT, WAS DU VERPASST --
OH, AUF DIESE ENTFERNUNG VERFEHLE ICH NIE DAS ZIEL.

INZWISCHEN AUF MURNINKAM...
WOLLEN SIE IMMER NOCH, DASS WIR SIE LEBEND FASSEN?
NEIN. WIR BRAUCHEN LEDIGLICH IHREN **KOPF**. NUR DEM MEDIDROIDEN A-OIC DARF NICHTS PASSIEREN.
GUT.

WO DIE HERKOMMEN, GIBT'S NOCH MEHR.
DARAN ZWEIFLE ICH NICHT. SOLCHEN ABSCHAUM AUS DER GOSSE FINDET MAN ÜBERALL.
HAST DU BEGRIFFEN, WAS SIE TUN SOLLEN?
ABSOLUT.

ALLMÄHLICH WIRST DU ECHT GUT DARIN, LUKE.
KEIN WUNDER, ICH HABE JA AUCH JEDE MENGE ÜBUNG.
ICH WÜNSCHTE NUR, ICH MÜSSTE MIR SONST UM NICHTS GEDANKEN MACHEN.
DU WILLST DOCH WOHL NICHT SAGEN, DASS DU BEI DER SACHE EIN SCHLECHTES GEFÜHL HAST, ODER? ICH **HASSE** ES, WENN DU DAS SAGST.
NEIN, KEIN **SCHLECHTES** GEFÜHL. ABER HIER GEHT'S NOCH UM ETWAS **ANDERES** -- NICHT NUR UM SAVAN.
SONDERN?
ICH WEISS NICHT GENAU. ES IST ETWAS IN DER MACHT. ES KOMMT MIR IRGENDWIE BEKANNT VOR, ABER ICH KANN'S NICHT BENENNEN.
ICH **WUSSTE** JA, DASS ÄRGER INS HAUS STEHT.
DU MUSST WOHL IMMER DEN **TEUFEL** AN DIE WAND MALEN, WAS? WIE HALTE ICH'S MIT DIR ÜBERHAUPT AUS?
DU LIEBST MEINEN CHARME UND MEIN GUTES AUSSEHEN?

HAT'S GEKLAPPT?
HAT WAS GEKLAPPT? WER SIND SIE?
AH-OH...
ES HAT GEKLAPPT. SIE SIND MASSAD THRUMBLE UND A-OIC -- DOC.
ICH WEISS NOCH, DASS SIE MICH VON EINIGEN BÖSEN ERINNERUNGEN BEFREIEN WOLLTEN. ABER... ICH WEISS ANSCHEINEND NICHT MEHR, WAS FÜR ERINNERUNGEN DAS WAREN.

WAS FÜR EIN *FURCHTBARER* ORT!
DU WARST SCHON AN SCHLIMMEREN.
WIE WIR ALLE. ICH FRAGE MICH, WAS *SAVAN* HIER WOLLTE?
DAS WERDEN WIR WOHL BALD HERAUSFINDEN.
KENNST DU HIER AUCH JEMANDEN, DER DIR EINEN GEFALLEN SCHULDET?
NATÜRLICH.

ICH WEISS JETZT, WARUM SAVAN HIERHER KAM.
WIR, ÄH, HABEN OFFENBAR EIN KLEINES PROBLEM...
ICH WUSSTE ES.
WENN MEIN KONTAKTMANN RECHT HAT, DÜRFEN WIR KEINE ZEIT VERGEUDEN.
SAVAN IST HIER, UM SICH GURI ZU SCHNAPPEN -- IHR ERINNERT EUCH DOCH NOCH AN SIE?
GURI? ABER -- ICH DACHTE, ES HAT SIE ERWISCHT, ALS XIZORS FESTUNG IN DIE LUFT FLOG!
WER IST GURI?
ANSCHEINEND NICHT.
DIESE FEHLENDEN PARAGLEITERFLÜGEL -- !
ACH DU MEINE GÜTE!
WER IST GURI?
WER IST GURI?
JEMAND, DEN WIR, ÄH, TRAFEN, ALS DU IN KARBONID EINGEFROREN WARST.

WHEEP WHEEP WHEEP WHEEP
LOS!
ZZZITT
BZZZZTT
WHEEP WHE
WAS IST DAS?
WHEEP WHEE
KLINGT, ALS HÄTTE DIE PARTY SCHON OHNE UNS ANGEFANGEN.
ACH DU MEINE GÜTE!

WHEEP WHEEP WHEEP WHEEP
AH-OH. HABEN WIR UNGEBETENEN BESUCH?
WARUM SOLLTE UNS JEMAND ANGREIFEN?
SIE WOLLEN NICHT MICH, ABER DAS HAST DU VERGESSEN, NICHT WAHR?
KEINE SORGE. ICH HABE NOCH EIN AS IM ÄRMEL.
CLIK
HIER ENTLANG.

WER ZUM TEU-FEL --
-- IST --
ZZZATT
-- DAS?
BZZT
ZZRATT
SCHNELL! SCHNELL!
ZZZAATT

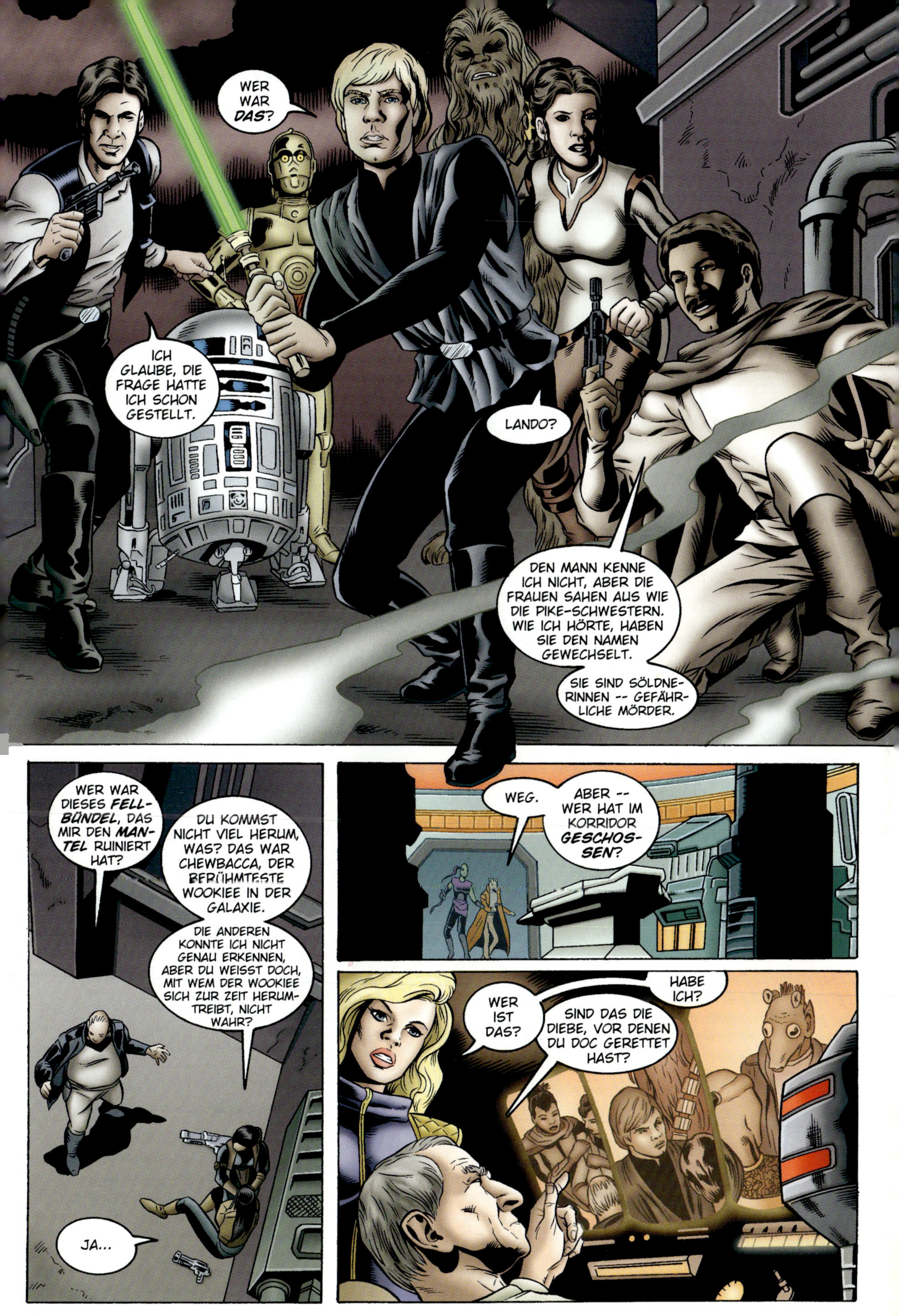
WER WAR DAS?
ICH GLAUBE, DIE FRAGE HATTE ICH SCHON GESTELLT.
LANDO?
DEN MANN KENNE ICH NICHT, ABER DIE FRAUEN SAHEN AUS WIE DIE PIKE-SCHWESTERN. WIE ICH HÖRTE, HABEN SIE DEN NAMEN GEWECHSELT.
SIE SIND SÖLDNERINNEN -- GEFÄHRLICHE MÖRDER.
WER WAR DIESES FELLBÜNDEL, DAS MIR DEN MANTEL RUINIERT HAT?
DU KOMMST NICHT VIEL HERUM, WAS? DAS WAR CHEWBACCA, DER BERÜHMTESTE WOOKIEE IN DER GALAXIE.
DIE ANDEREN KONNTE ICH NICHT GENAU ERKENNEN, ABER DU WEISST DOCH, MIT WEM DER WOOKIEE SICH ZUR ZEIT HERUMTREIBT, NICHT WAHR?
JA...
WEG.
ABER -- WER HAT IM KORRIDOR GESCHOSSEN?
HABE ICH?
WER IST DAS?
SIND DAS DIE DIEBE, VOR DENEN DU DOC GERETTET HAST?

PRINZESSIN LEIA ORGANA, HAN SOLO, LANDO CALRISSIAN, CHEWBACCA DER WOOKIEE, UND DER MIT DEM LICHT-SCHWERT IST LUKE SKYWALKER. HELDEN DER REBELLION.
UND DIE DROIDEN SIND R2-D2 UND C-3PO.
WIR DROIDEN HABEN AUCH UNSERE HELDEN, MÜSSEN SIE WISSEN.
DIE FALLEEN-FRAU UND DEN RODIANER KENNE ICH NICHT.
SKYWALKER?
SKYWALKER? JA.
WAS TUN DIE HIER ALLE?
ICH FÜRCHTE, AUF DIESEM MOND IST NICHTS KOST-BARER ALS... DU.
ICH? WARUM SOLLTEN SIE MICH WOL-LEN?
ANSCHEINEND HAT UNSER EINGRIFF BESSER FUNKTIONIERT ALS ERWARTET.

ICH GLAUBE, SIE SIND HIER ENTLANG.
DU BIST WOHL EIN MEISTER DES OFFENSICHTLICHEN, WAS? SIND VON DEINEN GEDUNGENEN SCHURKEN NOCH WELCHE ÜBRIG?
JA, DIE RESERVEMANNSCHAFT IM SCHIFF. SIE WARTET AUF EURE BEFEHLE.
GEHEN WIR SIE HOLEN.
HIER KÖNNEN WIR NICHT BLEIBEN. IRGENDWANN FINDEN SIE UNS. SIE HABEN SCHON UNSERE BESTEN VERTEIDIGUNGSANLAGEN ÜBERWUNDEN.
DU FÜHRST UNS DOCH AN DIE HERRLICHSTEN ORTE, LEIA.
ACH, HALT DIE KLAPPE.
WAS HAT EIN HAUFEN ALLIANZHELDEN HIER ZU SUCHEN?
ICH FINDE, DAS SOLLTE NICHT UNSERE HAUPTSORGE SEIN. DAS PROBLEM IST VIELMEHR, DASS SIE ÜBERHAUPT HIER SIND. ES WIRD ZEIT, DASS WIR DIE PARTY VERLASSEN.
NEIN!
ZAN HAT RECHT. SO WERTVOLL IST KEIN DROIDE. WENN DIE TYPEN IN CHEWBACCAS BEGLEITUNG DIE SIND, FÜR DIE WIR SIE HALTEN, WÄRE ES SELBSTMORD, GEGEN SIE VORZUGEHEN.
ICH KENNE DIE GESCHICHTEN. IHRE SIEGE WAREN REINES GLÜCK UND HATTEN NICHTS MIT KÖNNEN ZU TUN.
HÖREN SIE, CAVEEL, SIE HABEN JABBA THE HUTT ERLEDIGT, ZWEI TODESSTERNE IN DIE LUFT GEJAGT UND DEM IMPERATOR PERSÖNLICH DEN GARAUS GEMACHT!
BEI DEM GLÜCK BRAUCHEN SIE NICHTS ZU KÖNNEN. DAS DECKT KEIN LOHN DER WELT AB. WIR KÜNDIGEN.

MICH LÄSST NIEMAND EINFACH SO IM STICH!
BZZT
WAS WAR DAS JETZT WIEDER?
SEHEN WIR NACH.
WAS GEHT HIER VOR?
EINE MEINUNGSVERSCHIEDENHEIT MIT UNSEREM FRÜHEREN ARBEITGEBER. ER WOLLTE AUF UNS SCHIESSEN -- MIT SEINEM BLASTER.
ER HÄTTE BESSER DIE SCHIEDSSTELLE ANGERUFEN.

MIT EUCH HABEN WIR KEINEN STREIT, MEIN HÜBSCHER. WIR WOLLTEN UNS GERADE VERDRÜCKEN.
ES SEI DENN, DU MÖCHTEST EINEN MIT UNS, ÄH, HEBEN... ODER *SO*.
JA, HAN, BIST DU NICHT *DURSTIG*? MÖCHTEST DU MIT DIESEN... *LADIES* NICHT EINEN DRINK NEHMEN?
ÄH, NEIN... NEIN, ICH GLAUBE, DAS WÄRE MEINER GESUNDHEIT NICHT GERADE, ÄH... FÖRDERLICH.
ICH WETTE MEINEN LETZTEN CREDIT, DASS ER NICHT DEN *DRINK* MEINT.

WARUM STARRST DU MICH SO AN? SIE HABEN **MICH** GEFRAGT, NICHT ICH **SIE**.
UND ICH HAB >NEIN< GESAGT, ODER NICHT?
DU MUSSTEST ERST **NACHDENKEN**.
DAS KANNST DU EINEM MANN DOCH NICHT VERÜBELN, DASS ER **NACHDENKT**.
O DOCH, ICH KANN!
ICH STÖRE EUCH JA HÖCHST UNGERN, ABER WIR HABEN NOCH ETWAS VOR, NICHT WAHR?
ICH WÜNSCHTE, WIR HÄTTEN MEHR ZEIT, UM DICH AUF VORDERMANN ZU BRINGEN, ABER WIR MÜSSEN UNS BEEILEN. ERINNERST DU DICH NOCH AN DEIN SCHIFF?
„MEIN SCHIFF. DIE **STINGER**. JA..."

...LEBEND, HABT IHR VERSTANDEN? WENN IHR ETWAS ZUSTÖSST, WERDET IHR EUCH ALLE WÜNSCHEN, NIE GEBOREN WORDEN ZU SEIN. IST DAS KLAR?
MELDET EUCH SOFORT, WENN SIE AUFTAUCHT.
KOMM, PREVARO. WIR SUCHEN SIE.
OHNE GURI KANN ICH DIE SCHWARZE SONNE NICHT KONTROLLIEREN. ICH BIN NICHT SOWEIT GEKOMMEN, UM SIE JETZT ZU VERLIEREN. WIR TRENNEN UNS. DU GEHST DA LANG.

GURI? WAS HAST DU?
ICH WEISS NICHT -- MEIN KOPF -- DIESER SCHMERZ...
KÖNNTE EIN VERSPÄTETER SYNAPTISCHER SCHOCK SEIN. ODER DAS EINSETZEN VON CEREBELLITIS -- VIELLEICHT AUCH POSTTRAUMATISCHE GEISTIGE VERWIRRUNG --
„HALT DIE KLAPPE UND HILF MIR."
GURI HATTE EIN SCHIFF. VIELLEICHT FINDEN WIR ES.
ICH KAPIER IMMER NOCH NICHT, WARUM UM DAS MÄDCHEN SOVIEL WIRBEL GEMACHT WIRD. SIE IST DOCH BLOSS EIN DROIDE, STIMMT'S?
NICHT GANZ, KUMPEL. SIE WAR XIZORS RECHTE HAND. SIE WEISS, WO ALL DIE LEICHEN VERGRABEN LIEGEN...
DIE MEISTEN HAT SIE SELBER UNTER DIE ERDE GEBRACHT.
UND SCHÖN IST SIE AUCH NOCH. SICHER WIRD SIE EINEN MIT DIR HEBEN WOLLEN.
TUT MIR LEID, LEIA. BLOSS EIN SCHERZ.

ICH HABE SIE GEFUN-DEN.
RUF UM HILFE. LENK SIE AB!
VERSTANDEN. WIR SIND SCHON UNTERWEGS.
RAUS HIER!

IHR DA! KEINE BEWEGUNG!

NUN, IHR **KÖRPERGE-DÄCHTNIS** IST ANSCHEINEND NOCH VOLL INTAKT.
UND DIE... **ÜBUNGEN** HABEN SIE OFFEN-BAR VON IHREN KOPFSCHMERZEN BEFREIT.
JA, SIEHT FAST SO AUS. SIE HAT VIEL-LEICHT VERGES-SEN, **WAS** SIE EINMAL GETAN HAT --
-- ABER NICHT WIE.
ZUM GLÜCK.
WOW. WO HABE ICH **DAS** NUR GELERNT?
ICH ERKLÄR'S DIR VIELLEICHT EINES TAGES. JETZT KOMM, EHE NOCH MEHR AUF-TAUCHEN.

WER SIND DIESE KNILCHE?
FÜRS FRAGEN WIRST DU NICHT BEZAHLT. HALT DIE KLAPPE UND SCHIESS!
ZZZTT
ZZZTT
ZOOSH
AAIIEE!

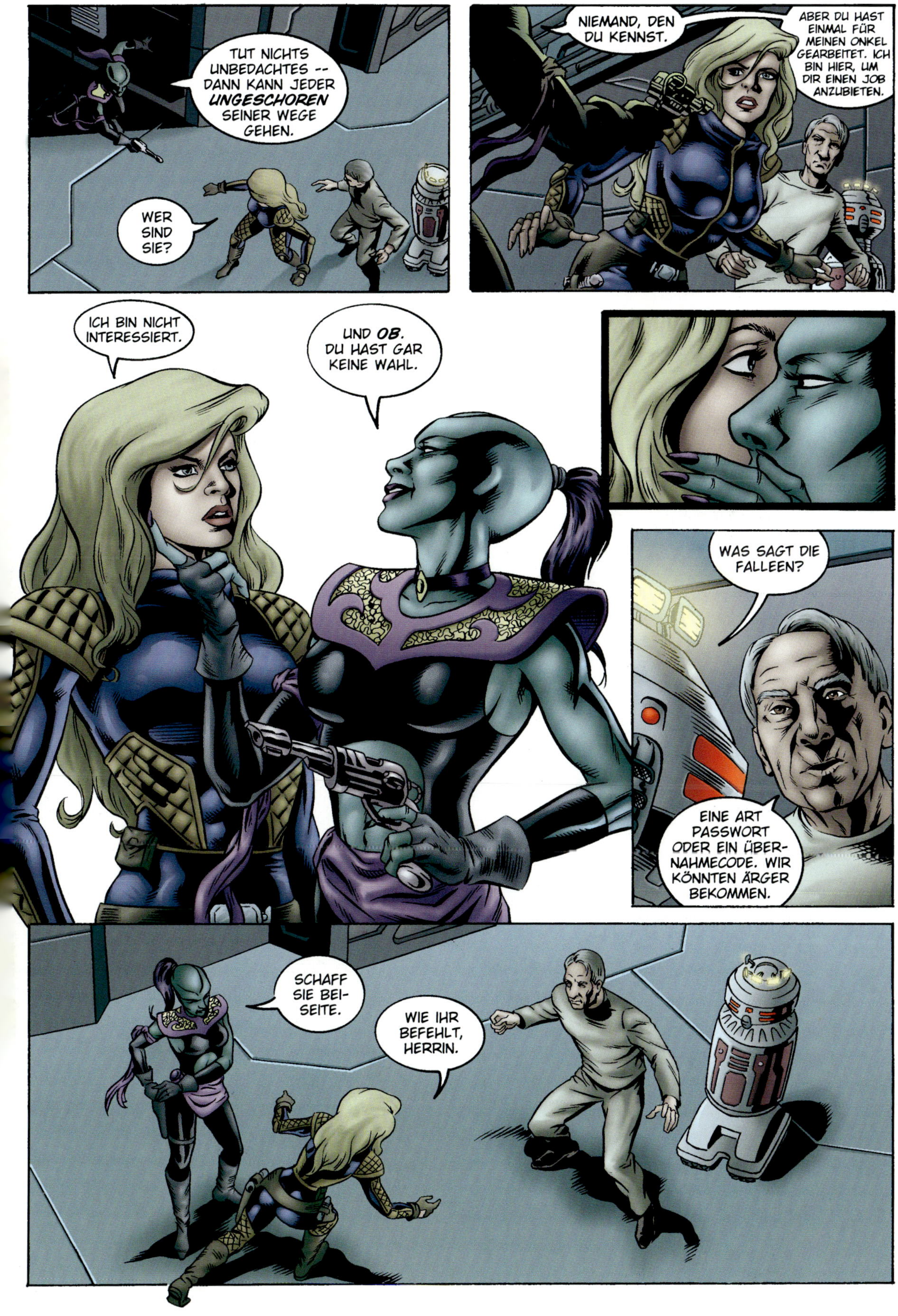
TUT NICHTS UNBEDACHTES -- DANN KANN JEDER UNGESCHOREN SEINER WEGE GEHEN.
WER SIND SIE?
NIEMAND, DEN DU KENNST.
ABER DU HAST EINMAL FÜR MEINEN ONKEL GEARBEITET. ICH BIN HIER, UM DIR EINEN JOB ANZUBIETEN.
ICH BIN NICHT INTERESSIERT.
UND OB. DU HAST GAR KEINE WAHL.
WAS SAGT DIE FALLEEN?
EINE ART PASSWORT ODER EIN ÜBERNAHMECODE. WIR KÖNNTEN ÄRGER BEKOMMEN.
SCHAFF SIE BEISEITE.
WIE IHR BEFEHLT, HERRIN.

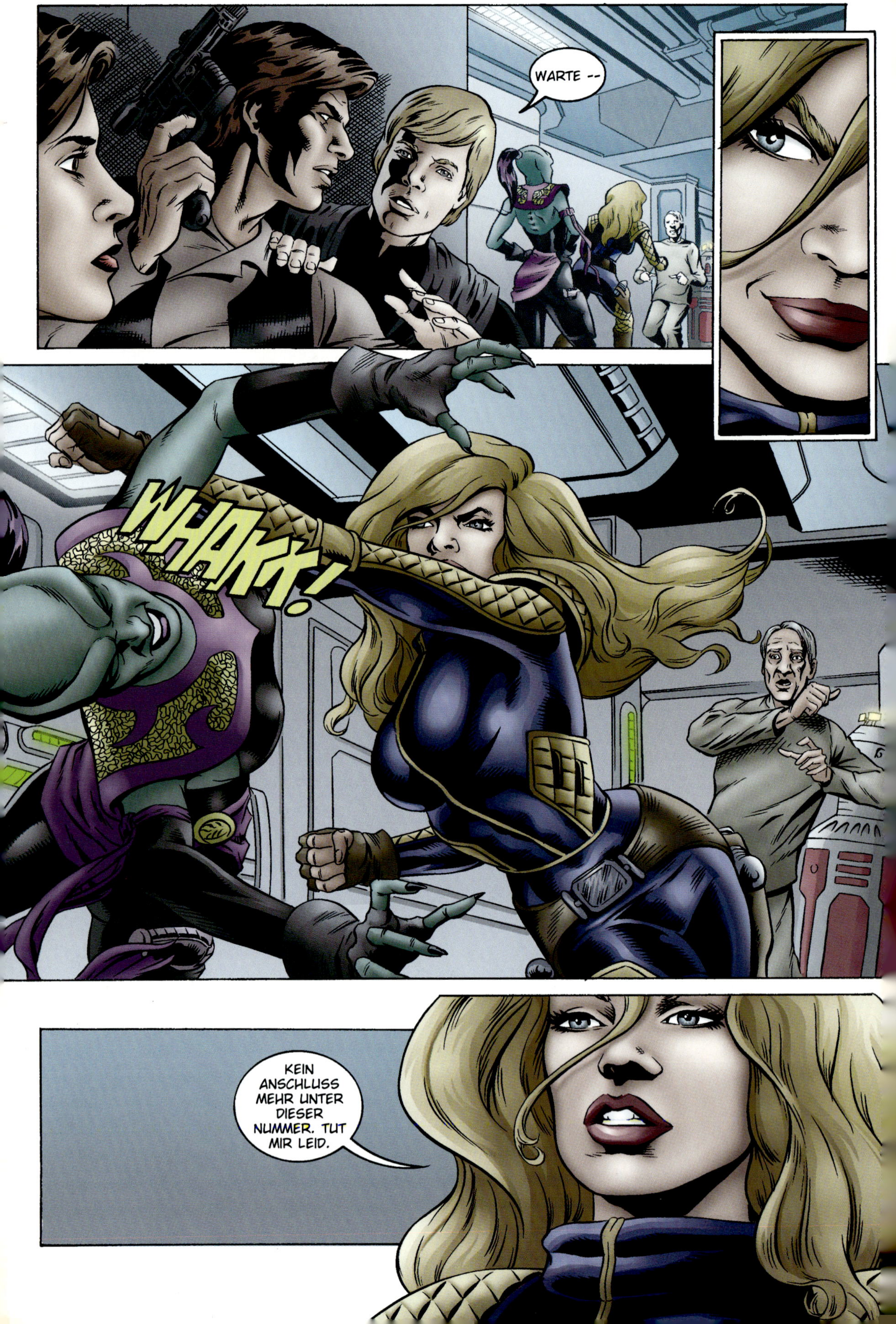
WARTE --
WHAKK!
KEIN ANSCHLUSS MEHR UNTER DIESER NUMMER. TUT MIR LEID.

SIE HABEN IHRE ERINNERUNG GELÖSCHT?
NICHT GANZ. NUR DIE UNANGENEHMEN BEREICHE.
SIE WEISS ALSO NICHTS MEHR VON IHREN VERBRECHEN?
GANZ RECHT.
ICH BIN LUKE SKYWALKER.
ICH WEISS. DU HAST MICH VERSCHONT. MIR EINE ZWEITE CHANCE GEGEBEN. ICH MUSS SCHRECKLICHES GETAN HABEN, DASS DU MIR NACHSTELLST. ABER ICH FOLGE DIR WIDERSTANDSLOS.
DU WEISST ES *WIRKLICH* NICHT MEHR, STIMMT'S?

HÄLTST DU DAS FÜR EINE GUTE IDEE? WENN SIE SO SCHLECHT IST, WIE LEIA SAGT --
SIE IST NICHT MEHR DIE, DIE SIE EINMAL WAR. ICH WEISS ES. BESTIMMT KANN ICH DIE ALLIANZ DAVON ÜBERZEUGEN.
DU KOMMST MIR BEKANNT VOR.
KENNE ICH SIE?
ICH GLAUBE NICHT, DASS WIR UNS SCHON OFFIZIELL VORGESTELLT WURDEN, NEIN.
DARF ICH SIE AUF EINEN DRINK EINLADEN? MEIN NAME IST DASH RENDAR.
EINEN DRINK? WARUM NICHT?
ICH WERDE GURI GENANNT.
ENDE

R2-D2s DATENBANK

DIE SCHATTENSEITE DES IMPERIUMS

Der mächtigste Mann im Imperium war **Imperator Palpatine**. Die zweitwichtigste Figur im Machtgefüge war **Darth Vader**.

Kaum jemand wusste von **Prinz Xizor**.
Xizor war ein **Falleen**. Die Falleen sind eine humanoide Rasse, die von Reptilien abstammen.

Xizor war ein reicher Mann mit diversen Unternehmen, u.a. einer Frachtgesellschaft. Aber diese Geschäfte dienten nur der Tarnung. In Wahrheit war Xizor der Anführer der kriminellen Organisation **Schwarze Sonne**. Sie war im gesamten Imperium vertreten. Zehntausende Mitglieder arbeiteten für diese Organisation, in der die einzelnen Unterführer, genannt **Vigo** (Neffe), für ganze Sonnensysteme zuständig waren. Das Informationsnetz der Schwarzen Sonne war umfangreicher und effizienter als das des Imperiums. Es war so gut, dass selbst Palpatine es für seine Zwecke nutzte – und deswegen die Existenz der Schwarzen Sonne duldete.

Prinz Xizors Ziel war es, Darth Vaders Platz als die Nr. 2 im Imperium einzunehmen. Dahinter steckte nicht nur Ehrgeiz. Bei einem Unfall in einem von Vader geleiteten Biowaffenlabor auf Xizors Heimatwelt mussten 200.000 Falleen sterben – darunter auch Xizors Familie. Xizors Wunsch, Vader zu vernichten, hatte also persönliche Motive.

Xizor sah seine Zeit gekommen als er durch einen Zufall herausfand, dass **Luke Skywalker** Darth Vaders Sohn war. Mit dieser Information setzte er sich das Ziel, Luke zu töten und Vaders Pläne zu durchkreuzen, Luke zur Dunklen Seite der Macht zu bekehren.

Xizors Bemühungen, Luke zu töten, fielen in die Zeit als Skywalker und dessen Freunde auf der Suche nach dem in Karbonit eingeforenen **Han Solo** waren. Die Anschläge auf Lukes Leben riefen Darth Vader auf den Plan, dessen eigene Ziele Lukes Überleben erforderten. Vader sah sich gezwungen, Lukes Leben zu schützen. Er entdeckte, dass Xizor hinter den Mordversuchen steckte und befahl ihm, diese zu unterlassen.

Die Attentate auf Luke Skywalker brachten **Leia Organa** dazu, mit Xizor Kontakt aufzunehmen. Bei dieser Kontaktaufnahme nutzte Xizor seine Attraktivität für Menschen, die teilweise durch sein Äußeres und teilweise durch seine natürlichen Pheromone bedingt war, um Leia zu verführen. Als dies fehlschlug machte Xizor sie zu seiner Gefangenen. Sie sollte als Köder für Luke dienen, was auch funktionierte. **Luke Skywalker**, **Lando Calrissian**, **Chewbacca** und der Abenteurer **Dash Rendar** stürmten Xizors Festung. Luke kämpfte gegen **Guri**, Xizors Dienerin und besiegte sie. Guri war eine Replikantin, ein weiblicher Droide der äußerlich nicht von einem weiblichen Menschen zu unterscheiden war. Sie war die einzige Replikantin, die auf Attentate programmiert war. Nachdem Luke Skywalker sie besiegt hatte konnte sie aus Xizors Festung entkommen. Nach Guris Niederlage musste sich Xizor Luke stellen. Xizor sah sich gezwungen, die Rebellen gehen zu lassen und musste selbst fliehen, um der Zerstörung seiner Festung zu entkommen. Vader, der ihn im Auge behalten hatte, nutzte diese Chance, um Xizor zu töten. Die Rebellen konnten Vader wieder einmal entkommen, dieses Mal kostete ihre Flucht jedoch Dash Rendar scheinbar das Leben.

Die Schwarze Sonne bestand auch ohne ihren Anführer weiter. Sie blieb die versteckte dritte Macht im Imperium, und später eine versteckte Macht in der neuen Republik ...

STAR WARS
SCHATTEN DES IMPERIUMS
EVOLUTION

GALLERY

Coverzeichnungen der US-Heftserie von Duncan Fegredo